보고 있어도
그립고 그립다

보고 있어도 그립고 그립다

발행일	2017년 11월 30일

지은이	이 병 행	삽화	권순향
펴낸이	손 형 국		
펴낸곳	(주)북랩		
편집인	선일영	편집	이종무, 권혁신, 오경진, 최예은, 오세은
디자인	이현수, 김민하, 한수희, 김윤주	제작	박기성, 황동현, 구성우
마케팅	김회란, 박진관, 김한결		
출판등록	2004. 12. 1(제2012-000051호)		
주소	서울시 금천구 가산디지털 1로 168, 우림라이온스밸리 B동 B113, 114호		
홈페이지	www.book.co.kr		
전화번호	(02)2026-5777	팩스	(02)2026-5747

ISBN	979-11-5987-625-7 03810 (종이책)	979-11-5987-626-4 05810 (전자책)	

이 도서의 국립중앙도서관 출판예정도서목록(CIP)은 서지정보유통지원시스템 홈페이지(http://seoji.nl.go.kr)와
국가자료공동목록시스템(http://www.nl.go.kr/kolisnet)에서 이용하실 수 있습니다.
(CIP제어번호 : CIP2017014335)

(주)북랩 성공출판의 파트너

북랩 홈페이지와 패밀리 사이트에서 다양한 출판 솔루션을 만나 보세요!

홈페이지 book.co.kr • **블로그** blog.naver.com/essaybook • **원고모집** book@book.co.kr

이병행 단상집 3

보고 있어도
그립고 그립다

이병행 지음

북랩 book Lab

차 례

세상은 이런 것이다 … 10

가을의 문턱에서 … 12

여러분? 우리 조금씩 양보하고 살아가자고요 … 13

가을이 여름을 쫓아내다 … 14

9월에 꿈을 꾸다 … 15

가을바람이려오 … 16

가을비가 내리는 밤 … 18

후회 … 20

초콜릿처럼 달달한 사랑을 해 보세요 … 22

나 자신을 믿어 보세요 … 24

돈? … 26

산에 가을이 내려오다 … 28

살다 살다 보면 … 29

당신은? … 31

말 … 32

차 한 잔이 그리워지는 날에는 … 34

어떤 날 … 35

당신이 있어서 행복합니다 … 37

가을과 겨울 … 39

봄비 … 41

인생, 인생이 별것인가요? … 43

늦었다고 아쉬워하지 말자고요 … 44

유년시절의 추억 … 45

벚꽃 … 47

어느 날의 봄날 … 48

사월에 쓰는 편지 … 49

오월에는 … 50

힘내요! 당신도 나도 … 51

좋은 사람과 나쁜 사람의 차이 … 52

봄비가 내리는 날에는 … 54

내가 아는 사람들 모두가 … 56

오늘도 당신을 만난 것이 행복입니다 … 58

사는 것이 다 그렇더라 … 59

비 내리는 날의 오후 … 61

이 땅의 청춘들이여 … 62

여러분들은 지금 목적지를 향해 잘 가고 있는 건가요? … 64

여백 … 66

이렇게 비가 내리는 날에는 … 67

친구야 친구야 내 친구야? … 68

청춘이 아름다운 이유 … 70

가을이려오 … 71

당신! 너무 걱정하지 말아요 당신 곁에는 항상 내가 있잖아요 … 73

가을을 보내며 1 … 74

시월아 잘 가거라 … 76

필요한 자리에 있어 주는 사람 … 77

내가 그리워하는 사람이 멀리 있지 않았으면 좋겠습니다 … 78

내게 그리운 사람 하나 있습니다 … 80

겨울은 겨울은 … 82

내 마음 속에 너를 담다 … 84

내가 살아있는 동안만이라도 사랑하고 싶다 … 86

그 사람 마음이 많이 아프네요 … 88

아직 부치지 못한 편지! … 90

이런 사람이라면 … 91

눈물! … 93

이런 것이 인연이 아닐까요? … 95

진정한 친구란 … 97

세상을 이렇게 살면 어떨까요? … 99

보고 있어도 그립고 그립다 … 100

아들에게! … 102

올 봄은 일찍 오려나 봅니다 … 105

있는 그대로 생긴 그대로 바라보며 살자 … 106

죽을 만큼 … 107

언젠가는 좋은 날도 있겠지요 … 109

하루 종일! … 111

하나를 얻을 때는 다른 하나를 놓아야 할 때도 있습니다 … 113

내 삶에서 소중한 사람들 … 115

언제나 친구처럼 연인처럼 … 116

추운 겨울날에는 꽃이 피지 않습니다 … 118

후회하면서 사는 게 인생이랍니다 … 120

삶의 한 가운데서 … 121

오늘이 당신에게 최고의 날일 수 있습니다 … 123

너에게 하고 싶은 말 … 124

덕유산의 겨울 눈꽃을 보며 … 125

좋은 인연! … 128

괜찮아 괜찮아 다 괜찮아질 거야 … 130

누군가에게 잊히지 않는 사람으로 남아 주세요 … 131

살다 보면 … 132

네가 보고 싶어서 바람이 분다 … 133

가는 세월 … 134

가을을 보내며 2 … 136

나는 오늘도 꿈을 꾼다 … 137

오늘 같은 날에는 … 138

누구에게나 청춘은 있었다 … 139

어떤 때는 나도 내 마음을 모를 때가 있습니다 … 140

수많은 날들 중에 오늘 하루쯤은 … 142

여러분에게 친구란? … 144

당신의 삶의 무게는? … 146

동그라미 사랑! … 148

헤어지기는 쉬워도 또 다시 만나기는 어렵습니다 … 150

사람의 마음은 어쩔 수 없더라 … 152

1월을 보내며 … 154

버들강아지 … 155

검정 고무신 … 156

소주 … 157

일출 … 159

추억이란 … 160

바람 부는 날에 … 162

눈꽃이 피었습니다 … 163

사랑해 … 164

나는 오늘도 이 길을 간다 … 165

하루와 한 달과 1년을 … 167

세월은 누구도 기다려 주지 않는다 … 169

포옹 … 171

얼굴만 떠올려도 이름만 들어도 좋은 사람 있습니다 … 172

삶이란 … 174

나와 너 그리고 우리 … 176

하늘 아래에 … 178

내가 걷는 이 길에 … 180

비워 내는 만큼 채워집니다 … 182

그리움을 줍다 … 184

당신 거기 있어 줄래요? … 186

문득 그가 보고 싶을 때 … 188

마음에도 가끔은 쉼표가 필요합니다 … 189

아줌마라고 무시하지 마라! … 192

다시 누군가를 사랑한다면 … 194

밤비 … 195

봄날처럼 … 197

세상은 이런 것이다

나이를 많이 먹은 것도 아니고 적게 먹은 것도 아니지만 세상을 살아 보니 기쁜 일도 슬픈 일도 다반사네요.

기쁜 일 뒤에 슬픈 일이 찾아오고 하는 것이 우리 세상일이 아닌가 합니다.

우리에게 매일 기쁜 일만 슬픈 일만 있는 것이 아니라 우리가 감당할 수 있는 만큼만 시련을 겪게 되는 것 같네요.

우리는 슬픈 일에도 면역이 생겨서 더 큰 시련이 온다 해도 이겨낼 수 있는 능력이 생기더군요.

사람을 상대하면서 좋은 사람인지 사기꾼인지도 모르고 지낼 때도 있었을 것이고 겉으로는 구분할 수가 없기에 공존할 수밖에 없는 곳이 세상이더군요. 짧은 세상을 살아보니 볼 것도 많이 있고 가볼 곳도 많은 곳이 세상입니다.

나쁜 사람보다는 좋은 사람이 많은 곳도 이곳이 아닐까 생각이 듭니다.

우리는 힘들다, 힘들다 해도 살아지는 것이 세상이고 죽겠다, 죽겠다 해도 살아지는 것이 세상이 아닌가요?

좋은 사람들과 소통하면서 살아가는 것도 세상을 살아가는 방법의 한 가지가 아닐까 합니다.

잘나지 않았어도 어울려 살아가고 못났어도 살아가는 세상.

좋은 친구와 세상이야기를 나누면서 쓰디쓴 소주 한 잔 기울이며 사는 곳이 바로 우리들 세상인가 하네요.

가을의 문턱에서

벌써 가을? 아침저녁으로 솔솔 바람이 부는 것이 초가을인가 싶네요.

아직 나뭇잎들도 시퍼런데 길가에 코스모스만이 피어서 바람에 이리 휘청 저리 휘청 하고 있습니다.

붉은 오색으로 물들기는 아직은 멀어 보이는데 여름이 더워서 하루라도 빨리 가을을 느끼고 싶어서일까 가을이 기다려집니다.

아직도 한낮에는 늦은 여름을 보내기 싫은 것처럼 뜨겁기만 한 8월.

8월에 중순에서 가을을 찾다니 이른 감은 있지만 누구나 기다려지는 것이 가을이 아닐까 합니다.

오늘도 아침에는 시원하더니 벌써부터 더워지기 시작하네요.

오늘 하루도 즐거운 마음으로 기쁜 마음으로 시작해 보자고요.

가을이 문 앞에서 기다릴 테니까요.

여러분? 우리 조금씩 양보하고 살아가자고요

여러분?

운전을 하다 보면 양보심이 더 줄어든다고 생각하지 않나요?

평소에는 그래도 양보하던 일도 운전대만 잡으면 왜들 그렇게 기를 쓰고 이기려고 하는지 모르겠네요. 양보하면 뭐가 그리 자존심이 상하는지 조금씩만 비켜주어도 될 일을 상대가 양보하기만을 기다리는 것을 볼 때 다들 마음에 여유는 없는 것 같네요.

운전할 때뿐만이 아니라 사람이 살아감에 있어서 양보할 일이 부지기수 아닌가요?

이웃집과도 잘 지내야 되고 친구들에게는 상처가 되는 말들을 하지 말아야 됩니다.

나는 괜찮을지 몰라도 상대방은 기분이 상할 수도 있으니까요.

여러분?

우리 조금씩 양보하면서 살아가 보자고요. 양보는 결코 지는 것이 아닙니다.

오히려 여러분을 기억하게 만드는 가장 좋은 배려가 아닐까요.

오늘부터라도 실천하는 여러분이 되어 보세요. 하루가 즐거울 겁니다.

가을이 여름을 쫓아내다

무덥던 여름이라는 것도 시간 앞에서는 힘없이 밀려났네요.
30도를 훌쩍 넘는 수은주 가마솥 더위가 내 세상인양 더위를
뿜어내더니만 가을이 시작된다는 처서를 지나고 나니 언제 그
랬느냐는 식으로 아침저녁으로는 싸늘하기까지 하네요.
결국 여름도 가을이한테 자리를 내주고 쫓겨났나 봅니다.
언제나 그랬듯이 시간이 가면 여름, 가을, 겨울, 봄, 내가 있던 자
리를 내주어야만 또다시 내가 들어갈 자리가 생기기에 여름도
미련 없이 그 자리를 가을이한테 내주었을 겁니다.
여름이 쫓겨 가듯이 물러갔지만 내년에 그 여름을 또 맞이해야
지요.
지금은 초가을이지만 새벽에는 찬기까지 느껴집니다.
밤송이도 가을을 알았는지 입을 헤 벌리고 있고 들꽃들도 더
추워지기 전에 열매를 맺으려고 안간힘을 써가며 꽃을 피우고
있습니다.
여러분들도 이 좋은 계절에 알찬 열매를 맺으시기 바랍니다.

9월에 꿈을 꾸다

8월의 마지막 날입니다.

아직 몇 시간은 남아 있지만 8월에 이루지 못한 꿈을 나는 9월에 꾸겠습니다.

꿈이 없는 사람이 있을까마는 흐지부지 되었던 그 꿈을 나는 9월에 이루려고 하네요.

여러분들도 아직 이루지 못한 꿈 이루어 보세요.

거창하게 꾸는 꿈만이 꿈이 아니잖아요.

소박하고 자그만하게라도 꿈을 꾸세요.

모두 이루어지지 않으면 어때요.

우리가 꿈을 먹고 사는 사람들이 아니니까 손해 볼 것은 없잖아요.

이제 9월이 다가오고 있어요.

새로운 9월에 꿈을 꾸세요.

그 고운 꿈을.

가을바람이려오

9월의 첫째 날 바람이 살랑살랑 불어오네요.

벌써 9월이니 반이 훌쩍 넘어서 지나온 날들이 남은 날들보다 많아졌네요.

오늘 같이 바람이 불어오는 걸 보니 가을은 가을인가 봅니다.

뜨거웠던 여름에 이렇게 바람이 불어 주었으면 얼마나 좋았을까 생각해 보네요.

들풀, 들꽃들도 계절을 아는지 씨앗을 맺고 있네요.

더 찬바람이 불기 전에 씨앗을 퍼트려야 내년 봄에 다시 꽃을 피우니까요.

하늘도 파랗고 뭉게구름도 떠다니고 청명하다는 게 이럴 때를 두고 쓰는 말인가 해요.

아직 푸른빛을 띠고 있는 벼이삭들도 금방 누런 황금들녘으로 바뀌어 가겠지요.

들에도 산에도 온통 오색으로 옷을 갈아입을 날이 멀지 않았을 거예요.

오늘은 정말 좋은 날입니다.

여러분?

오늘은 모두가 행복한 날이었으면 좋겠습니다.

꼭 여러분이 이 가을 날씨처럼 하늘도 파랗고 바람도 솔솔 부는

이만큼만이라도 행복했으면 좋겠습니다.

가을비가 내리는 밤

지금 가을을 재촉하는 비가 내리는 밤이네요.

함석 지붕위에 떨어지는 빗소리가 제법 크게 들리고 있습니다.

아마도 이 비가 그치고 나면 더 쌀쌀해지지 않을까 합니다.

벌써 가을? 빠르네요.

덥다 덥다 하던 때가 엊그제 같았는데 이제는 쌀쌀하다고 해야 하니 말입니다.

길가에 코스모스들이 활짝 피어서 바람에 이리 휘청 저리 휘청 흔들거리고 키가 큰 해바라기들도 노란 얼굴로 활짝 웃고 있습니다.

과일들도 조금씩 붉은색을 띠며 제법 과일다운 모습을 하고 있습니다.

머지않아 높은 산에서부터 오색으로 옷을 갈아입을 겁니다.

들녘에도 황금색으로 갈아 입을 것이고 우리들 또한 반팔에서 긴 옷으로 갈아입겠지요.

가을은 이렇게 해서 시작이 되나 봅니다.

봄이라야 마음이 싱숭생숭 하겠지만 가을은 차분하다고 해야 하나 조용한 밤에 가을비이네요.
내일 아침에는 그쳤으면 좋겠네요.
비를 맞기가 싫어서 그럽니다.

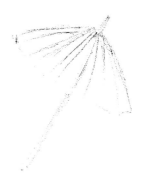

후회

후회는 누구나 하는 일입니다.
살아가면서 후회 없는 삶을 살았다는 사람도 지나온 시간들에
대해서 아쉬움과 후회스러움을 갖고 있지요.

아무리 잘된 결정을 한다 하더라도 시간이 지나고 나면 그때 왜
내가 그런 결정을 내렸을까 하는 아쉬움이 남습니다.
좀 더 신중하게 생각하고 좀 더 깊이 생각하고 결정을 할 걸.
이미 모든 것은 지났습니다.

후회를 한들 아쉬움이 남는다 한들 아무런 소용도 없습니다.
한평생을 살아가면서 아쉬운 것이 한두 가지뿐이겠습니까?
이렇게 하든 저렇게 하든 마음에 차지 않으면 아쉬움만 남을 뿐
입니다.

지금 어떤 고민을 안고서 결정을 한다면 잘해도 후회가 있을 것
이고 못해도 후회는 있을 테니까 너무 두려워하지는 마세요.

여러분이 살아가는 데 그 결정이 반을 차지한다고 해도 미련과 아쉬움은 남을 수 있으니까 후회와 아쉬움이 작게 남을 수 있게 선택하세요.

먼 훗날에 후회를 한다면 그때는 이미 시간이 오래 지나서 돌아갈 수 없는 곳에 여러분이 와 있을 수 있으니까요.

초콜릿처럼
달달한 사랑을 해 보세요

초콜릿처럼 달달한 사랑을 해 보셨나요.

아니면 알사탕처럼 달짝지근한 사랑을 해 보셨나요?

결혼하기 전 연애 시절에는 더 진한 사랑을 했을 테지만 요즘은

여러분의 사랑은 어떻습니까?

아직도 초콜릿처럼 달달한 사랑을 꿈꾸시나요.

때론 초콜릿처럼 때론 쓰디쓴 커피향처럼 아마도 그런 사랑이

겠죠.

여러분?

사랑에 조건이 있다면 사랑일까요, 아니면 거래일까요?

장사꾼적인 사랑은 거래일 수밖에 없잖아요.

달콤새콤한 사랑은 그냥 바라만 보아도 좋은 그런 사랑이 아닐

까 합니다.

얼굴 표정에서 사랑을 느끼고 몸짓 하나에서도 사랑을 느낀다

면 분명 초콜릿처럼 달달한 사랑이지 싶네요.

이제 와서 무슨 사랑 타령이냐고 하겠지만 여러분들도 그런 사

랑을 하면서 살아오지 않았을까요.

조금은 누렇게 바랜 사랑이지만 그런 사랑에도 서로에 대한 애
틋함도 있고 그렇지 않을까 합니다.

나 자신을 믿어 보세요

여러분은 스스로 생각하기에
여러분 자신이 하고 싶은 것이
무엇인지 아십니까?
아니면 스스로에 대해 깊이 고민을 해본 적이 있나요.
많은 사람들이 어떤 일을 시작할 때 주저하는 것을 많이 보아
왔습니다.
물론 잘될지 안 될지 두려움도 없지는 않겠지요.
'안 되면 어쩌나 이게 나의 총자산인데' 하는 별의별 생각과 별의
별 고민을 다하고도 새로 일을 벌이는 것만큼 어려운 것도 없습
니다.
스스로에게 질문을 던져 보세요.
내가 잘할 수 있을까? 잘해 낼 수 있을까?
대답도 여러분이 하세요.
잘할 수 있다고
잘해야 하고 잘되어야 한다고
스스로에게 진정한 용기를 주세요.

누구나 한 번도 부딪혀 본 적이 없는 일들에 대해서 그럴 수 있습니다.

모두가 비슷한 생각을 하고 있을 겁니다.

여러분 모두에게 희망을 드리고 싶습니다.

여러분?

희망을 가져 보세요.

잘될 겁니다.

여러분 자신을 믿어 보세요.

돈?

돈이란?

사람에게 원수 같은 존재이면서도 누구나 그 돈을 위해서 살아 가고 있습니다.

많아도 탈이 나고 없어도 탈이 나는 것이 돈입니다.

돈 앞에서는 부모형제도 갈라지고 부부나 자식들까지도 돈으로 엮어지는 것이 요즘 세태입니다.

지위가 높은 권력자들도 돈 앞에서는 몸을 낮추고 비굴해집니다.

하나를 가졌으면 둘을 갖고 싶고 셋을 가졌으면 넷을 갖고 싶은 것이 돈에 대한 욕심입니다.

누구나 돈에 대한 욕심이 없는 사람이 없고 돈 앞에서는 한 번 쯤 고민을 하게 됩니다.

'눈 한 번 딱 감으면 되지' 하고 스스로 내 자존심마저 무너트리고 손을 내미는 게 요즘 세상이 아닌가요?

돈이면 안 되는 게 없다는 생각, 어쩌면 사람의 마음까지도 돈으로 살 수 있는 세상이 되어 버렸습니다.

지인을 잃고 친구를 잃고.

돈으로 인해서 서로 원수가 되는 게 하루 이틀 이야기가 아니잖아요.

많고 적고를 떠나서 좋은 마음으로 받아줘도 될 것을 나 몰라라 뻔뻔스럽게 활보하고 다니는 것이 역겨울 때가 있을 겁니다.

법은 약자를 위한 것이 아니라 뻔뻔한 자를 위한 법이 되었고 그 법을 악용하는 자는 고개를 치켜들고 다니는 세상입니다.

스스로의 양심도 돈에 팔고 버젓이 내가 아닌 것처럼 남들 이야기처럼 바라보는, 최소한의 양심마저 져버리는 게 안타까울 뿐이네요.

산에 가을이 내려오다

산에 가을이 내려왔습니다. 울긋불긋한 빨갛게 가을에만 볼 수 있는 가을이 산에 내려 앉았네요.

벌써 높다란 산꼭대기에는 가을의 마지막을 느끼는 것처럼 빨간 단풍이 곱게 물이 들어 바람에 출렁이고 있습니다.

아직 산 밑에는 시퍼런 풀들이 안간힘을 쓰며 푸르름을 간직하고 있지만 어느 사이엔가는 힘없이 푸른색을 벗어 던지고 빨간색으로 갈아입을 겁니다.

여기저기 온산이 불바다가 되듯이 빨갛게 물드는 계절, 가을!

산에 가을이 내려왔네요.

모두가 기다리던 가을이 단풍잎을 몰고 와서 우리한테 맘껏 보라고 손짓을 하고 있습니다.

수확의 계절이기도 하지만 단풍의 계절이기도 하네요.

여러분 모두가 이 좋은 계절에 가을을 맘껏 구경하세요.

살다 살다 보면

살다 살다 보면 기쁜 일도 있습니다.
살다 살다 보면 슬픈 일도 있습니다.

가다 가다 보면 돌부리에 걸려 넘어지는 때도 있었을 겁니다.
가다 가다 보면 좋은 친구도 만나고.
가다 가다 보면 세상사 잘 풀릴 때도 있었겠지만 세상사가 어디
그리 쉬웠습니까?

세상사 안 풀리는 때가 더 많았고 쉬운 일보다 어려운 일이 더
많았을 겁니다.
누구나 '조금만 더, 조금만 더 노력하면 되겠지' 되뇌며 여기까지
왔을 겁니다.

살다 보면 눈물 날 일도 많았을 테고 살다 보면 죽고 싶다는 생
각쯤 안 해 보았을까요.
세상도 원망해 보고 세월 탓도 해 보았을 거예요.

무엇 하나 쉬운 것 없고 무엇 하나 손에 쥐기 쉽지 않았을 거예요.

그렇다고 지금 포기란 있을 수 없잖아요.
아직 '마지막'이라는 단어는 우리에게 어울리지는 않잖아요.
세상일이 까칠하더라도 내 앞에 놓인 바위 덩어리라도 그 무엇이 되었든 이겨내는 여러분이 되어 보세요.
여러분은 이겨낼 수 있는 힘을 가졌으니까요.

여러분 모두를 응원하겠습니다.

당신은?

당신은 그 어느 누구의 희망입니다.

당신이 잘났든 못났든 당신을 희망으로 바라보는 사람이 있습니다.

당신이 힘들 때도 외로워 할 때도 당신만 바라보는 사람이 있습니다.

당신이 기뻐할 때 당신이 웃을 때 같이 기뻐하고 웃어줄 사람이 있습니다.

당신은 절대 외로운 사람이 아닙니다.

그 외로움을 달래줄 사람이 옆에 있을 테니까요.

당신이 지쳐 쓰러져도 당신을 부둥켜안고 희망을 안겨줄 사람이 분명 있을 테니까요.

당신을 사랑하는 단 한사람만 있다면 당신은 불행한 사람이 아닙니다.

당신은 지금까지도, 앞으로도 희망일 테니까요. 당신이 희망이어서 행복합니다.

말

요즘같이 쓸쓸함을 느낄 때 위로의 말 한마디 건네 보세요.
'잘 지내고 있니?' 그 한마디 건네 보세요.
누군가는 그 한마디에 눈물 날 만큼 고마워 할 거예요.

흔한 말이지만 내게도 수고했다는 말을 건네 줄 수 있는 사람이
있다는 것에 반가워 할 겁니다.
매일 보는 사람이 아니더라도 '수고해'

한마디 건네 보세요.
누군가는 하루 종일 기분이 좋을 겁니다.
좋은 말을 할 때는 입을 열어보세요.
말에 인색할 필요는 없잖아요.

내가 건네는 말 한마디가 누군가의 인생을 바꿔 놓을 수도 있습
니다.
내가 건네는 말 한마디가 삶과 죽음을 바꿀 수도 있습니다.

오늘 꼭 좋은 말 한 번 해 보세요.

'오늘 하루 정말 수고했어.'

이 한마디.

차 한 잔이
그리워지는 날에는

이렇게 비가 내리는 날에는 진한 국화차 한 잔이 그리워집니다.
바람이 불어대고 늦은 가을비가 내리는 오늘 차 한 잔이 그리워
지네요.
마주 앉아서 차 한 잔을 마셔줄 사람도 없는 지금 갑자기 친구
가 생각이 납니다.
아마도 그 친구도 이런 생각을 하고 있을까 싶네요.
퇴색해 버린 가을 단풍잎이 내 맘을 짠하게 하는 날이네요.
삐죽삐죽이 서 있는 나무들이 이제 겨울을 맞을 채비를 하나봅
니다.

11월의 어느 날 언저리에서 이제 가을의 끈을 놓으려 합니다.
가을아 부디 잘 가거라.
내년에 우리 또 다시 만나자. 그때는 더 고운 색깔이었으면 좋
겠어.
오늘 차 한 잔이 그리워지는 날이었네요.

어떤 날

어떤 날은 이래서 하루가 힘이 들었고 또 어떤 날은 저래서 하루가 힘이 들었습니다.
우리의 날이 언제나 좋을 수는 없겠지요.

살다 보면 이런 날도 저런 날도 있습니다.
비오는 날이 있으면 눈 오는 날도 있고 또 어떤 날은 햇볕이 좋은 날도 있습니다.
수많은 날들이 제각각일 때도 있었습니다.

오늘은 이런 날이었으면 좋겠다 했는데 비가 올 때도 있고, 눈이 한 번쯤 왔으면 했는데 햇빛이 나는 그런 날도 있습니다. 지금 우리는 어떤 날에 살고 있습니다.

오늘도 우리는 어떤 날을 위해서 열심히 우리의 삶을 살아가고 있습니다.
보잘 것 없는 우리의 하루지만 그 하루가 모여 한 달을 채우고

1년을 채우니까요.

여러분들도 어떤 날을 위해서 좋은 하루를 채워 보세요. 그 어떤 날을 위해서요.

당신이 있어서
행복합니다

당신이라는 사람이 있어서 오늘이 행복합니다.
당신이라는 사람이 있어서 어제도 행복하게 보냈습니다.
당신?
이렇게 내가 행복하게 하루하루를 보낼 수 있다는 것은 당신이
라는 사람이 있었기에 그럴 수 있었습니다.

매일 매일이 다 다를 수는 없어도 당신은 내게 행복입니다.
매일 아침 하루를 시작하는 따뜻한 포옹이 하루를 따뜻하게 합
니다.
그 매일의 포옹은 많은 것을 담고 있습니다.
오늘도 서로가 행복하게 보내기를 마음속으로 빌어 주는 마음.

이것이 진정 사랑인가 봅니다.
예전에 몰랐던 예전에는 그냥 무의미하게 보냈던 날들에 후회도
밀려오네요.
사랑은, 행복은 이런 것인데 그것을 이제 와서 깨닫게 되네요.

우리가 얼마나 산다고, 사람이 얼마나 오래 산다고 아웅다웅하
던 시간들이 너무나 아깝게 느껴집니다.

사랑과 행복을 느껴도 느낌조차 없던 지난 시간들이 이제 우리
에게는 오지 않으리라 믿네요.
우리에게는 사랑과 행복을 느껴야 할 시간이 지금이고 앞으로
도 그럴 것이니까요.
오늘도 당신이라는 사람이 있어서 행복합니다.

내일도 당신이라는 사람이 있어서 행복하게 보낼 수 있을 것 같
네요.
사랑합니다.
당신을.

가을과 겨울

가을과 겨울은 이어지는 시기가 애매하게 구분이 잘 안 갑니다.
어느 계절이나 비슷하지만 가을과 겨울은 더욱 그런가 봐요.
조금 추우면 겨울이고 조금 덜 추우면 가을이라고 생각하니까요.

이제 시골이나 도심이나 1년 동안 먹을 김장도 거의 끝나가고
있습니다.
눈으로 보거나 뉴스를 보아서 아는 것이 아니라 요런 시기에는
쌈채가 덜 팔리고 대신에 배추를 많이 선호하기 때문에 알게 됩
니다.

대부분 김장할 때 돼지고기로 수육을 많이 해서 배추 속을 싸
서 먹잖아요.
아무 때나 먹을 수도 있지만 김장할 때 먹으면 더 맛이 나고 절
인 배추 노란 고갱이를 싸서 먹으면 쌈채보다도 더 맛이 있잖
아요.
쌈채야 1년 내내 아무 때나 먹을 수 있지만 배추는 김장할 때

먹는 것이 다른 때보다도 더 맛있지 않나요?
어제인가 친구가 김장을 하면서 수육으로 점심을 때웠다고 했는데 사진만 보아도 맛이 나는 것 같아요.

김장 하면 대부분 주부님들이 가장 많이 힘들어 하는 일이고 주부님들의 손이 꼭 가야 하는 일이기에 좋아는 하면서도 꺼리는 것이 김장이 아닌가 싶네요.

요즘은 예전처럼 많이 하지 않기 때문에 적게 하지만 그래도 주부님들에게는 1년 농사나 다름이 아니지 않을까요?
여기에 계시는 주부님들과 남편님들, 올해도 1년 농사인 김장을 하시느라 수고 많으셨습니다.

봄비

3월 초 오늘 봄비가 내리고 있습니다.

오늘이 개구리를 깨운다는 경칩이네요.

헐벗은 나무들에게도 지금 내리고 있는 봄비가 약이 되는 비가 아닐까 합니다.

그 추웠던 겨울도 이제 봄이라는 계절에게 자리를 양보를 할 때가 온 것 같네요.

아무리 추워도 아무리 더워도 자기가 맡은 계절만큼만 채우고 온데간데없이 사라지는 계절.

욕심을 부린들 더 할 수 없고, 덜 부린다고 덜 할 수도 없는 것이 계절이 아닌가 하네요.

누구에게나 주어진 만큼만 채운다면 좋으련만 사람은 욕심에 욕심을 더 해서 탈이 나네요.

딱 계절만큼만 지켜진다면 1년 내내 사시사철 좋은 모습들을 볼 수가 있는데 우리네 마음은 언제나 과욕에 치닫고 있는지 모르겠네요.

억수같이 쏟아지는 봄비가 오늘은 참 반갑습니다.

봄비가 내린 다음 날은 날씨도 풀리고 머지않아 길가에 늘어진

개나리꽃도 피어나겠지요.

노란색의 봄을 알리는 개나리꽃.

오늘 한 번 기대해 보아도 되지 않을까 합니다.

개나리꽃이 피는 날을요.

인생,
인생이 별것인가요?

인생이 별것인가요?

그 흔한 말처럼 욕 안 먹고 살면 되는 거지.

이래도 한세상 저래도 한세상 물 흐르듯 살면 되는 거겠지요.

많이 가진들 다 가져갈 것도 아니고 못 가졌다고 아쉬워 할 것도 아닌데 우리는 왜 그리 욕심을 부리며 살았는지.

세상일이 내 뜻대로 되는 것도 아니고 마음먹은 대로 되는 것도 아닌데 우리는 악착같이 바꾸려고만 애를 써 왔네요.

바꾼다고 내 자리가 바뀌는 것도 아닐 텐데 아쉬움은 항상 남는 법인데 그 아쉬움을 못 이겨서 마음 아파하고 서러워하지 말자고요.

인생, 인생 별것 아니잖아요.

그냥 열심히 살아가면 되는 일 아닌가요?

가끔은 마음도 아프고 때로는 눈물도 흘릴 때 있듯이 그게 우리네 인생이잖아요.

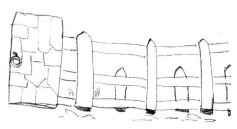

늦었다고
아쉬워하지 말자고요

이미 태어나면서부터 우리가 가려고 했던 곳은 이미 정해져 있습니다.

아무리 빨리 간들 또 늦게 간들 어차피 정해져 있는 운명을 타고 났기 때문에 너무 기를 쓰면서 빨리 가려고 애쓰지 마세요.

일찍 가서 기다린들 그곳에는 당신 혼자일 뿐 아무도 당신을 기다려주지 않습니다.

조금 늦으면 어떻고 조금 앞서간들 좋을 것 하나 없습니다. 그냥 우리 여기에서 사는 동안 서로 부대끼며 좋은 모습도 보고 때로는 나쁜 모습도 보면서 천천히 남들 가는 만큼만 따라서 가자고요.

세상은 혼자 사는 것이 아닌데 달려갈려고만 아등바등하지 말자고요.

우리의 목적지는 이미 정해져 있기 때문에 우리는 우리가 사는 동안 그곳에 다다르기만 하면 되잖아요.

이것이 인생이니까요.

유년시절의 추억

우리의 유년시절은 먹고 입는 것이 풍족하지 않았던 시절이었습니다.

마땅한 군것질이라고 해봐야 라면 부스러기나 라면땅 또는 쫀드기.

요즘 흔히들 그때의 군것질거리를 '불량식품'이라고 부르기도 합니다.

그때의 그 군것질거리들이 불량식품이라고 하더라도 맛만 좋고 없어서 못 먹었으니까요.

요즘은 놀이거리도 다양하고 스마트폰이 생기면서 게임이다 뭐다 미처 다 갖고 놀지도 못할 정도지만 유년시절의 놀잇감은 자치기나 목자치기, 여자들은 고무줄 놀이 등이고

겨울이 되면 썰매 타는 것이 유일한 놀이였습니다.

시골에서는 으레 가을에 벼 타작을 하고 나면 논에 물을 가두어서 얼음판을 만들어서 놀던 시절이 있었습니다.

1985년 이후에 태어난 친구들은 아마도 이 글을 이해를 못 할 수도 있을 겁니다.

요즘은 무엇이든지 넘치고 넘치는 세상이라 그런지 유년시절이 그리워집니다.

부족해도 마음은 풍족했던 그 시절로 다시 돌아갈 수는 없겠지만 그 유년 시절이 내 머릿속을 스치고 갑니다.

벚꽃

4월이 들어서부터 여기저기에서 개나리꽃이며 목련, 벚꽃까지 활짝 피어서 흰 눈꽃이 피어 있는 듯 여기저기서 벚꽃이 만개를 했습니다.

지역마다 봄꽃 축제를 하느라고, 어디가 좋다 저기가 좋다 연일 TV에서 소개를 하느라고도 바쁜 요즘입니다.

벚꽃 하면 그래도 많이 알려져 있는 진해가 유명하지만 어디에 서든 볼 수 있는 꽃이기도 합니다.

지금 봄비가 내리고 있습니다.

바람도 심하게 불고 있네요.

이러다가 활짝 핀 하얀 눈꽃이 바람에 떨어지지나 않을까 하네요. 요즘 아니면 볼 수 없는 꽃. 벚꽃 많이들 구경도 하시고 따뜻한 봄날에 더 좋은 추억 만들어 보세요.

비바람에 떨어진 벚꽃 보다는 나무에 달려 있는 눈꽃을 감상하세요.

좋은 날 좋은 봄날에요.

어느 날의 봄날

밤새 비바람이 불더니만 이내 벚꽃 잎들은 바람에 힘없이 떨어져 길바닥에 달라붙어 후줄근한 모습으로 남았네요.
눈꽃송이처럼 달려 있던 하얀색 벚꽃.
분홍빛을 띠던 벚꽃도 한때의 멋스러움을 보이더니 꽃잎을 떨어내고 연녹색의 잎이 삐죽이 꽃잎을 대신합니다.
바람만 불지 않았다면 조금 더 보기 좋은 벚꽃을 볼 수 있으련만 비바람에 모두 떨어내고야 말았습니다.
온 산을 둘러보아도 군데군데 눈꽃송이처럼 피어 있던 것이 보기 좋았는데 이제 내년에나 또 볼 수 있겠지요.

어느 날의 봄날은 비와 바람과 벚꽃잎이 봄날과 같이 사라져 버리려고 하네요.
올 해의 봄날도 이렇게 지나가나 봅니다.
아쉬움을 뒤로 하고 길바닥에 흩어진 꽃잎처럼 어는 날의 봄날도 지나가고 있습니다.

사월에 쓰는 편지

온 산이 울긋불긋하고 연녹색 잎들이 물감을 칠해 놓은 듯 한 폭의 수채화 같습니다.
산의 높고 낮음에 따라서 색깔도 다양하고 지금 사월에만 볼 수 있는 시골 풍경입니다.

봄비가 며칠 간격으로 오고 나니 나무들도 풀도 더 빠르게 푸르름을 더해 가네요.
사월에 쓰는 편지가 이렇게 좋은 소재가 될 줄은 몰랐습니다.
추운 겨울을 지나 잎과 꽃이 피기까지 온몸으로 버텨내어 드디어 꽃을 피워 냈네요.

오늘 봄비를 맞은 나무들이 묵은 때를 벗겨낸 듯 선명한 색깔을 드러낸 것이 너무나 곱네요.
나무의 색깔이 오늘만 같았으면 정말 좋겠습니다.
사월은 쓸 것이 너무나 많은 계절입니다.

오월에는

사월의 끝자락을 지나 벌써 오월입니다.

한 달 한 달 지나가는 것이 왜 이리 빠른지 봄, 봄 얘기하던 것이 며칠 전인데 벌써 오월의 문턱을 넘었네요.

이제 봄을 얘기할 때가 아니라 여름을 얘기해야 될 것처럼 날씨도 덥고 꽃이 피어 있으니 아직 봄인가요?

곳곳마다 조경을 해놓은 붉은 꽃들이 만발을 했네요.

철쭉과 어우러져 진하게 피어 있습니다.

오월에는 무엇을 해야 하지?

내게 오월은 또 다시 주어지는 한 달간의 열정.

열심히 살아내는 모든 친구들이 그렇듯이 삶의 연속에서 오월도 미끄러지듯이 유월을 향해서 달려가고 있겠지요.

열심히 뛰어보자 오월아?

좋은 날이 오겠지.

꼭 좋은 날이 올수 있도록 말입니다.

힘내요! 당신도 나도

요즘은 누구나 다 힘들다고 합니다.

점점 사는 것이 힘들어지고 하는 일마다 잘 풀리기 보다는 안 풀릴 때가 더 많은 게 요즘이 아닌가 생각이 듭니다.

실타래 풀리듯이 술술 풀리면 좋겠지만 우리 인생이 그렇게 쉽게 풀리면 재미없잖아요.

적당히 고생도 해보고 적당히 고민도 하면서 헤쳐 가는 것이 우리의 삶이 아니었던가요?

힘들 때일수록 서로가 다독여 주고 끌어 주고.

혼자 사는 세상이 아니잖아요.

힘들 때 지쳐 있을 때 누군가가 손 내밀 때 잡으세요.

자존심은 내세우지 말고 누군가 용기를 주는 말을 할 때는 귀담아 들어 보세요.

혼자만의 아집에서 벗어나 둥근 마음으로 일어서 보세요.

모든 것이 힘들어 보이지만 힘을 내세요.

당신도 힘을 내고 나도 힘을 낼게요.

여러분이 다 같이 웃는 그날까지 모두들 파이팅입니다.

좋은 사람과
나쁜 사람의 차이

좋은 사람이 되는 것은 누구나가 꿈꾸는 일이기도 하지만 그 좋은 사람이 되는 것이 쉬운 것은 아닐 겁니다.

멀리 있어도 생각만 해도 그리워지고 그 사람의 목소리만 들어도 기분 좋을 때가 있습니다.

반면에 나쁜 사람은 그 사람 모습만 떠올려도 몸서리치게 하지요.

좋은 사람은 물질적으로 도와주어서가 아니라 마음씨 하나만으로도 많은 사람들에게 좋은 기억으로 남게 되지만 나쁜 사람은 행동 하나에도 거슬리게 합니다.

좋은 사람은 말 한마디로 천 냥 빚을 갚을 수 있지만 나쁜 사람은 말 한마디로 거리를 두게 합니다.

우리가 살면서 좋은 사람과 나쁜 사람을 가려낼 줄도 알아야 합니다.

이마에 써 붙이고 다니는 것이 아니니까 본인 자신이 사람 볼 줄 아는 능력도 있어야 합니다.

세상에는 아직도 좋은 사람이 더 많거든요.

좋은 사람은 언제 어디서나 자신을 낮추지만 나쁜 사람은 얕은 지식으로 자신을 포장하기에 바쁩니다.

좋은 사람 곁에는 항상 사람들이 모이지만 나쁜 사람 곁에는 아무도 거들떠보지도 않습니다.

좋은 사람은 항상 좋은 생각으로 상대를 대하고 배려하지만 나쁜 사람은 항상 어떻게 등쳐먹을까를 궁리를 하고 있습니다.

좋은 사람은 누군가에게 희망을 품게 하지만 나쁜 사람은 그 희망을 송두리째 짓밟아 버립니다. 여러분?

자신은 좋은 사람입니까.

아니면 나쁜 사람입니까.

봄비가 내리는 날에는

오늘 같이 봄비가 촉촉이 내리는 날에는 따뜻한 아랫목을 차지하고 싶어지네요.

만사 다 제쳐 놓고 오늘 하루쯤 뒹굴뒹굴 하면서 쉬고 싶은 날이기도 합니다.

옛날 가수이지만 전영의 '서울야곡'이나 '어디쯤 가고 있을까' 라는 노래를 들으며 하루쯤 보내고 싶은 날입니다.

봄비가 자주 와서 그런지 아카시아꽃도 일찍 피었네요.

군데군데 하얗게 피어 있어서 시골정취를 느끼게 합니다.

어렸을 때는 비릿한 아카시아꽃도 따 먹으며 놀던 때가 있었는데 요즘은 그런 모습은 찾아볼 수가 없네요.

이맘때면 노란 송홧가루가 바람에 날리는 계절이기도 합니다.

온갖 꽃들이 씨앗을 퍼트리기 위해서 바람이 불 때만 기다렸다가 씨앗을 날려 보내는 계절이기도 하죠.

시골의 계절이 바뀔 때마다 달라지는 모습들이 너무나 좋은 풍경이네요.

오늘 비가 그친 후에 산을 한 번 둘러보세요.

싱그러운 모습이 마음을 상쾌하게 할 겁니다.

여러분의 마음을.

내가 아는 사람들 모두가

내가 알고 있는 모든 사람들이 정말 행복했으면 좋겠습니다.

얼굴 한 번 보지도 못 했지만 만나본 적도 없이 어쩌다 안부전화를 하는 사람들도 있지만 그 사람들까지 모두가 행복했으면 정말 좋겠습니다.

사람의 관계란 꼭 만나야지만 정이 드는 것은 아닙니다.

통화를 할 때 전화기로 들려오는 목소리로도 그 사람의 상황을 알 수 있습니다.

내가 알고 있는 모든 이들이 행복한 삶을 살았으면 좋겠습니다.

어느 누군가가 자신을 위해서 기도를 해준다면 기분 좋은 일이 아닐까요?

많이 알든 적게 알든 어쩌다 생각이 틀려서 언짢은 적도 있었겠지만, 지금은 그 모든 것을 덮어서 지금보다 더 잘되기를 더 행복한 사람이기를 바랍니다.

때로는 미움도 때로는 고마움도 있었겠지만 그 고마운 마음만 새기며 기도하겠습니다.

혹 미움이 더 많았다 하더라도 고마움으로 덮겠습니다.
내가 아는 모든 사람들에게요.

오늘도 당신을 만난 것이
행복입니다

오늘 하루도 당신이라는 사람을 만난 것이 나에게는 행복입니다.
물질적으로 주는 것이 없어도 당신의 따뜻한 미소만으로도 행
복입니다.
오늘 하루도 당신 때문에 웃음을 잃지 않게 되어서 행복입니다.
'안녕'이라는 말 한마디.

'수고했어'라는 말 한마디가 더 없이 고맙고 따뜻한 세상에 살고
있다는 것에 행복을 느낍니다.
오며가며 던지는 그 한마디가 어느 누군가에게는 행복으로 다가
서는 것이 정말 좋습니다.
오늘도 당신을 만난 것이 나에게는 행복이었습니다.

사는 것이 다 그렇더라

사람이 산다는 것이 별것인가요?

이렇게 해도 살아지고 저렇게 해도 살아지는 것이 우리네 인생이네요.

하루는 이래서 힘들고 또 하루는 저래서 힘이 들고 우리네 인생이 매일 좋을 수만은 없잖아요.

때론 눈물 흘릴 때도 있고 또 때로는 기가 막힌 좋은 일이 생각지도 않게 일어날 때도 있는 것이 우리네 인생사인 것을.

인위적으로 좋은 일들만 만들 수는 없으니까요.

별것 없는 인생사가 마음을 짓누를 때는 하늘 한 번 쳐다보고 긴 호흡 한 번하고 잡고 있던 모든 것을 어느 것 하나만 내려 놓아보세요.

그것이 무엇이 되었든 간에 마음 한편은 가벼워질 겁니다.

많은 것을 움켜쥐고 놓지를 못하는 데서 우리의 마음도 무거워지는 것이잖아요.

양손에 들고 있는 것이 무엇인지, 한쪽 손에 들고 있는 것을 바닥에 내려놓으세요.

그리고 또 한손에 들고 있는 것을 나누어 들어 보세요.
훨씬 손도 가볍고 마음도 가벼워질 테니까요.
사는 것이 별것 아닌데도 마음이 무거워 버거울 때는 고민도 하
고 털고 일어설 수 있는 계기를 만들어보세요.
방향을 직선으로만 가려고 하지 말고 돌아서 갈 수 있는 방향도
찾아보세요.
분명 그 길이 여러분 앞에도 있을 겁니다.
꼭 그 길을 찾아보세요.

비 내리는 날의 오후

새벽부터 내리는 비는 오후가 되어서도 그칠 줄 모르고 내리고 있네요.

장마철이라 비가 오는 것이 당연한데도 이제 그쳤으면 좋겠다는 바람을 해 봅니다.

우중충한 하루가 되는 것이 싫어서 비만이라도 그쳤으면 좋으련 만 쉬지 않고 내리고 있네요.

모두들 즐거운 주말을 보내려고 계획을 세웠을 텐데 아쉽게도 비가 내리는 주말이 되었습니다.

지금은 비가 내려도 내일은 또 맑은 날이 되지 않을까 기대해봅 니다.

이 땅의 청춘들이여

이 땅의 청춘들이여, 하루하루 살아간다는 것이 마음처럼 쉽지는 않을 겁니다.

한 고비 넘기면 또 한 고비가 있고 헤쳐 나가도 나가도 벽이 서 있는 듯한 느낌이겠죠.

예전보다 요즘이 또 앞으로가 더 살아가기가 힘들다고 합니다.

청춘들에게 언제는 쉬웠나요.

매일매일 사는 것이 전쟁이겠지요.

오늘이 힘들었으면 내일은 쉬울 거라고 생각하고 오늘보다 내일은 맑은 날이기를 바라면서 사는 거겠죠.

매일이 좋을 수 없고 매일이 슬플 수만은 없을 겁니다.

사람 사는 데 별의별 일들이 다 생기는 곳인데 그러려니 하면서 살아가자고요.

힘들면 힘든 대로 버티며 살다보면 청춘들에게도 좋은 일들이 생기겠지요.

언제까지나 힘든 삶은 아닐 겁니다.

청춘들에게도 쨍하고 해 뜰 날이 꼭 있을 테니까요. 지금 당장
이 힘들다고 손을 놓지는 마세요.

부지런히 손을 놀려서 현상유지는 하세요.

어떤 때는 적자를 볼 때도 있어도 버티어 보세요.

언젠가는 지금의 어려움이 큰 도움이 될 때가 있을지도 모릅
니다.

마음 아프다고 몸이 지쳐있다고 주저앉지는 마세요.

갈 길이 막막하다고 아파하지 마세요.

어느 길이든 쉬운 길은 없습니다.

청춘들이여, 힘내세요.

여러분들은 지금 목적지를 향해 잘 가고 있는 건가요?

여러분?

여러분의 목적지는 어디라고 생각하는지요.

누구나 바라는 100세 인생.

아니면 자녀들의 무탈하게 성장하는 것, 그 밖에도 여러 가지가 있겠지요.

아마도 모든 이들의 목적지는 살아있는 동안 건강한 것일 겁니다.

자신이 이루고자 했던 목표를 향해서 조금씩 조금씩 다가가고 있는 것이 뿌듯하게 느껴질 때도 있을 겁니다.

자신의 목표만큼은 이루어지지 않는다 해도, 아니 평생 이루어지지 않을 수도 있으니까 서러워하거나 자책하지는 말자고요.

모든 사람들의 희망이니 바라는 마음만 가져도 좋은 것이 아닐까요?

가다 가다 보면 목표를 수정할 때도 있을 겁니다.

세상에 쉬운 것이 어디 있나요.

힘든 고난의 연속에서 하나둘씩 만들어가는 것이 우리의 목표
이고 목적지가 아닐까 합니다.

끝에 가서 다 이루지 못했다 하더라도 여러분이 잘살아 왔다면
목표는 이룬 것이니까 후회는 하지 말자고요.

여러분이 후회 없이 잘살아 왔으니까요.

여백

여러분의 여백에는 무슨 그림을 그려 넣을 건가요?

여백이 없다면 좋겠지만 지금까지 살아오면서 각자의 조금씩은 여백이 있지 않을까 해요.

후회 없이 살아왔다면 주저 할 것도 없겠지만 미련도 있고 후회도 조금은 있네요.

지금까지는 잘 살아와서 여백에 채울 것이 없으면 가장 좋은 삶을 살아온 것 맞죠?

앞으로 우리는 어떤 모습으로 또 살아갈까 미래에 대한 두려움 또한 있는 것이 우리네 삶이 아닌가 하네요.

여백에 꼭 채울 것이 아니면 그려 넣을 그림이 없어도 자책도 미련도 갖지 마세요.

여백도 한 인생의 삶이었을 테니까요.

굳이 채우려고 애쓰지 말고 하얀 공간으로 남겨두는 것도 좋을 듯합니다.

이렇게 비가 내리는 날에는

오늘 같이 비가 내리는 날에는 따뜻한 커피가 생각이 나네요.
여름이지만 비가 내리면서도 더운 날씨입니다.
오늘 같이 비가 내릴 때는 친구와, 연인들과 마주 앉아서 이런
얘기 저런 얘기 세상 돌아가는 얘기를 나누면서 커피 한 잔 마
시고 싶은 날입니다.

근사한 커피숍이 아니면 어떤가요.
마음이 맞는 친구면 되지 않을까요?
쓰디쓴 커피도 같이 마시면 달달한 커피맛으로 변할 것 같은 오
늘입니다.

친구야 친구야
내 친구야?

친구들아?

우리도 벌써 인생의 반을 달려서 여기까지 왔구나.

지금까지 살아오면서 좋은 일도 궂은 일도 겪으며 또 친구들과 티격태격하며 쓰디쓴 소주 한 잔으로 서운했던 마음도 풀어가며 모두들 잘 살아 오지 않았니?

어느 누가 우리한테 잘 살아 왔느냐고 묻는다면 나는 후회 없이 잘 살아 왔다고 대답할 수 있을 것 같다.

친구들 또한 대답은 똑같다고 생각하고 싶어.

하루를 살고 1년을 살고 10년을, 아니 50년을 넘게 살아오면서 아쉬움이야 있겠지만 그것은 누구나 느끼는 것이겠지.

인생에 100이라는 것은 없잖니.

100을 바라보지 않고 70만 바라보고 살아 왔다면 인생에 낙제점은 아니잖아.

오다가다 만나서 나누지 못했던 이야기들도 나누고 정기적인 모임에서 부어라 마셔라 술 한 잔으로 인생을 논하고 나도 너도 우리 친구 모두가 잘살아 왔으니 아직도 까마득히 남은 우리의 시간들도 지금처럼만 잘살아보자.

별것 없는 인생 덧없는 인생에 아웅다웅 하지 말고 한 발짝 물러서서 위로도 해주고 격려도 해주고 서로 손 잡아서 일으켜 세워주자.
덧없이 흘러가는 세월 속에 친구들의 소중함을 느끼는 우리들의 나이가 아닐까 싶어.
모두들 행복한 삶을 만들어가기를 진심으로 바란다.

청춘이 아름다운 이유

청춘은 무엇을 해도 아름답지 않나요?
그냥 청춘이니까, 물불을 가리지 않고 밀어부칠 수 있는 원동력,
그게 바로 청춘이 아닐까 합니다.

도둑질을 하는 것도 아니고 남에게 피해를 주지 않고 무엇인가
를 위해서 스스로의 목표를 위해서 진한 땀 냄새를 풍기는 그
청춘은 아름다운 청춘입니다.
청춘의 시기도 사람마다 다르겠지만 대부분 비슷할 겁니다.

젊었을 때의 패기와 열정이 아름답듯이 우리의 청춘도 아름다
운 것입니다.
젊은 나이에 해야 할 일이 있듯이 노년에 들어서 할 일이 있습
니다.
나이에 맞게 열정을 쏟는 그것은 바로 청춘입니다.
청춘이 아름다운 이유는 바로 열정이 있기 때문입니다.

가을이려오

뜨겁던 여름도 가을이라는 계절에 자리를 양보했네요.
30도를 웃도는 수은주도 가을이라는 찬바람에 힘없이 주저앉아
가을을 이야기하고 있습니다.
가을 찬바람은 나뭇잎 날려 뒷면이 하얀색으로 반짝일 때 시원
함까지 느끼게 합니다.

9월에 들어서며 가을 분위기가 한층 더해 가는 듯한 요즘이네요.
이 푸르름도 얼마 가지 못하고 빨갛고 노란색으로 옷을 갈아입
을 날이 얼마 남지 않았겠죠.
계절은 계절은 이렇게 또 한 번의 옷을 갈아입고 지나가는가 봅
니다.

이제 여름은 지나갔습니다.
시원하면서도 찬바람이 서늘하기까지 합니다.
이렇게 한 계절은 또 지나가고 있네요.
오늘도 가을 날씨가 좋은 하루였습니다.

아침저녁으로는 선선함을 느끼게 하고 한낮에는 아직 여름인양 덥기까지 했네요.

이 좋은 계절 알차게 밤송이가 알밤으로 변하는 것처럼 좋은 가을을 보내시기 바랍니다.

당신! 너무 걱정하지 말아요
당신 곁에는 항상 내가 있잖아요

부부로 인연을 맺어서 알콩달콩 살아가면서 이런 일 저런 일 겪지 않는 사람이 있을까요?

한때는 좋은 일도 있었을 테고 또 한때는 생각하기 싫을 만큼 어두운 터널을 지나왔을 때도 있었을 겁니다.

사람 사는 세상에 별일이 없었다면 믿으시겠어요.

우리는 견딜 수 있는 만큼 시련을 받으며 살아가고 있습니다.

견디기 힘든 일도 겪고 나면 별것 아닌데도 그때는 더없이 힘들었겠죠.

아무리 힘들어도 당신 곁에는 내가 있잖아요.

또 내 곁에는 당신이 있어서 참 행복했습니다.

힘들고 짜증나는 일이 있어도 당신이 있어서 견딜 수 있었고요.

잘 살아왔든 잘못 살아왔든 그것은 중요하지가 않아요.

항상 당신 곁에 내가 있고 내 곁에는 당신이 존재하고 있다는 것이 중요합니다.

지금처럼 행복하게 서로 토닥여주며 살아보자고요.

당신 곁에는 항상 내가 있으니까요.

가을을 보내며 1

울긋불긋 피어 있던 길가의 코스모스도 추적추적 내리는 가을
비를 몇 번 맞더니 볼품없이 후줄근하게 서 있네요.
이제 가을은 가나 봅니다.

노란 은행잎이 바람에 떨어져 황금가루를 뿌려 놓은 듯 늦은 가
을을 얘기해 주고 있습니다.
온 산에는 가고 있는 가을을 놓지 않으려는 듯 진하게 단풍이
들어있고 하루가 다르게 찬기를 느끼는 요즘입니다.

이제 가을은 가나 봅니다.
붙잡을 수도 막을 수도 없는 시간 속에 깊어만 가는 가을에 공
허함까지 밀려옵니다.
가을이 올 때까지 무엇을 했을까.
봄이 지나고 여름이지나 가을이 갈 때까지 무엇을 했나 싶네요.

이제 모든 것을 다 내려놓듯 나뭇가지에 매달려있는 나뭇잎들도

하나둘 찬바람에 떨어져 길바닥에 널브러져 뒹굴겠지요. 이제 가을은 가네요.
가을이 차지하고 있던 자리에 또 다른 계절이 찾아들겠지요.

우리는 언제나 그랬듯이 새로운 계절을 맞이하며 가을을 기억 저편으로 묻어둘 겁니다.
쓸쓸하지만 그래야만 하니까요.
우리한테서 멀어져가는 가을이니까요.

시월아 잘 가거라

시월아?

이제 안녕을 고해야 할 때가 온 것 같다.

우리 곁에서 한 달 동안 푸르름에서 빨간 단풍잎으로 곱게 물들이고 가는 너에게 아쉬움을 표한다.

이제 가면 너 하고는 영영 이별이지마는 우리는 네가 물들여 놓고 간 가을을 보며 아마도 너를 더 아쉬워하겠지.

어쩔 수 없이 너와는 이별을 하지마는 한 달 동안 우리 곁에 있어 주어서 고맙다. 네가 아니었다면 우리가 눈으로 호강을 할 수 있었을까?

아직도 곱디고운 색깔들이 우리의 눈을 호강시켜 주고 있잖니.

마지막 가는 너를 모든 사람들이 지금쯤 많이 아쉬워할 거야.

이제 모든 것 다 내려놓고 미련도 두지 말고 잘 가거라.

시월아.

필요한 자리에
있어 주는 사람

사람이 살아가면서 외롭고 쓸쓸할 때 누군가 손을 잡아 준다면 얼마나 좋을까요?

물질적으로 주고 안 주고를 떠나서 손을 내밀어 준다면 또 얼마나 좋을까요.

몸도 마음도 무거울 때 누군가 내 얘기를 들어주는 사람이 곁에 있다면 얼마나 좋을까 싶네요.

남편이든 아내이든 쓸쓸한 마음을 위로해 준다면 너무나 좋은 일이 아닐까요?

바쁜 일상에서 지쳐갈 때 누군가 따뜻한 말 한마디 건네준다면 세상을 다 얻은 듯 하루를 좋은 기분으로 시작할 수 있을 것입니다.

사람은 내 곁에 누군가 필요할 때 필요한 말을 해줄 때 무거웠던 마음도 풀어지지 않을까요?

내가 그리워하는 사람이
멀리 있지 않았으면 좋겠습니다

내가 그리워하는 사람이 내 곁에 오랫동안 있었으면 좋겠습니다. 자주 만날 수는 없어도 가끔 만날 수 있게 멀리 있지 않았으면 좋겠습니다.

멀리 더 멀리 그리운 사람이 있다면 마음이 아플 것 같아서요. 때론 친구처럼 때론 연인처럼 그 사람이 멀리 있지 않았으면 좋겠습니다.

살아가다 문득 보고 싶을 때 만날 수 있는 사람이 내가 그리워하는 사람이기를 바랍니다.
어느 날 갑자기 그 사람이 보고 싶을 때 커피 한 잔 마시며 이야기 나누고 싶은 사람이 그대였으면 좋겠습니다.

멀리 떨어져 있어도 가끔은 나를 기억해 주는 사람이 있다면 그 사람은 내가 보고 싶은 사람이었으면 좋겠습니다.

모든 걸 사랑으로 감싸 안을 줄 아는 사람이 바로 당신이었으면
좋겠습니다.

내게 그리운 사람
하나 있습니다

내게 그리운 사람 하나 있습니다.

안 보면 보고 싶고 어쩌다 목소리 듣고 싶은 가슴 한편에 묻어
둔 사람 하나 있습니다.

보고 싶다고 그리워한다고 다 말하지 못하고 그냥 가슴 한쪽에
묻어둔 사람 하나 있습니다.

만나고 또 만나도 마냥 보고 싶은 사람!

바로 당신입니다.

어느덧 중년이란 나이에 와서 있어 보니 그 사람이 사랑인 것을
너무도 늦은 나이에 말해봅니다. 당신을 사랑 한다고.

돌이킬 수 없는 현실을 받아들여야 한다는 것이 마음을 먹먹하
게 하네요.

내가 꿈꾸던 사랑이었는데 가까이 있는데도 더 다가갈 수가 없
는 사랑, 이것이 미운 사랑이 아니길 간절히 바라봅니다.

그 사람을 진정 좋아하고 사랑했으니까요.

냇물이 흘러 강물에서 다시 만나듯 우리도 그랬으면 얼마나 좋을까요.

우리의 사랑을 피울 수 있게 너무나 예쁜 사람이었는데 너무나 좋은 사람이었는데 두고두고 후회가 되네요.

가슴이 아릴 정도로 다가 가고 싶었는데 그 사람을 너무 많이 기억하고 있는데 잊을 수도 기억 저편으로 지울 수 없는 사람, 바로 당신입니다.

사랑합니다.

또 사랑하고 사랑합니다.

겨울은 겨울은

겨울은 이렇게 지나가나 봅니다.

겨울은 겨울답게 추워야 겨울인데 올 겨울은 계절을 잊어버린 듯이 지나가나 봅니다.

겨울인 듯 봄이고 봄인 듯 겨울인 날씨가 멋쩍은 듯이 우리 곁을 지나가고 있네요.

눈보라 치고 찬바람이 쌩쌩 불어야 겨울이라 할 텐데 눈 구경도 제대로 못하고 겨울은 지나갑니다.

1월에 어느 날은 봄날이듯이 비를 뿌리고 뿌연 안개만이 자욱한 하루였습니다.

차가운 손을 입에 대고 호호 불던 겨울은 어디로 갔나요?

하얀 밀가루를 뿌려 놓은 듯한 겨울의 눈은 어디에서 볼 수 있나요.

하얀 눈이 보고 싶네요.

온 산이 온 들판이 하얀 색으로 덮여 있는 겨울의 모습이 정말 보고 싶네요.

길을 가다가 어느 누가 만든 눈사람도 보고 싶고 나뭇가지 가지마다 하얀 눈송이가 걸려 있는 겨울의 정취는 어디에서 볼 수 있을까요?
오늘 하루도 뿌연 안개가 하루를 장식합니다.
진짜 겨울의 모습은 볼 수 있을까요!

내 마음 속에 너를 담다

내 마음에 너를 담았어.
작은 일에도 웃을 줄 알고 행복을 느낄 줄 아는 너를 내 마음속에 담았단다.
좋은 사람은 몸 옆에 두는 것이 아니라 마음속에 담아야 오래가니까.

흔히들 조건이 붙어야만 곁에 두려고 하지만 그것은 일시적인 아주 상투적인 모습일 뿐 마음속까지는 둘 수가 없겠지.
조건이 사라진다면 언제든지 떠날 수 있는 그런 관계가 아니라 항상 마음속에 살아있는 것처럼 담아 두려고 한단다.

언제까지가 아니라 내가 살아 있는 동안 너는 내 마음속에서 살아 숨 쉬고 있을 거야.
사랑하는 데 무슨 조건이 필요하겠니.
아픈 마음까지 모두 담아 두련다.
내 마음속에 담아 두는데 무슨 조건이 필요할까.

그냥 네가 좋아서 너를 내 마음 한 가득 담을 거야.

빛바랜 사진처럼 이다음에 내 마음이 흐려진다 해도 내 마음 한 쪽 구석 어디엔가는 담겨져 있을 테니까 먼 훗날 아주 먼 훗날 에도 후회 없이 너를 좋아했었다고 사랑했었다고.

꼭 말을 하고 싶어.

내 마음에 담을 만큼 사랑했었다고 말이야!

내가 살아있는 동안만이라도
사랑하고 싶다

내가 살아있는 동안만이라도 당신을 사랑하렵니다.
젊은 시절 좋은 시간들 다 보내놓고 이제야 사랑을 하렵니다.
입에 발린 소리겠지만 지금이라도 꼭 사랑한다고 말하고 싶습
니다.

시간이 더 지나 서로를 기억하지 못하면 가슴이 아플 테니까요.
지금 지나온 시간만큼 앞으로 더 그대를 사랑하고 싶네요.
살아온 나이만큼 앞으로 살아갈 나이만큼 이별은 하고 싶지 않
습니다.

시간이 없었던 것이 아니라 사랑할 줄을 몰라서 바보처럼 긴 시
간을 헤매고 있었습니다.
정말 나는 사랑에는 바보였네요.
지금 와서 바보 같은 사랑이라고 하더라도 나는 그 바보 같은
사랑을 하고 싶습니다.

그대를 사랑하니까요.

먼발치에서 희미하게 보인다 할지라도 그 사랑을 하고 싶습니다.

서로가 잊히는 사랑보다 기억하는 사랑을 하고 싶습니다.

그 사랑을 위해서요!

그 사람
마음이 많이 아프네요

언제까지 마음이 아파야 할까요.

행복해지면 안 되는 일인가요.

그 사람은 지금 행복을 누리고 싶은데 큰 행복도 바라지 않고 아주 작은 행복을 찾고 있는데 도저히 그 작은 행복도 잡지를 못했네요.

그래서 마음이 더 아파오나 봅니다.

누구나 누릴 수 있는 행복인데 그 사람한테는 그 작은 행복조차 허락하지를 않습니다.

잡으려면 달아나고 쥐었다 싶으면 물거품인 행복!

그럴 때마다 마음이 저려옴을 느낍니다.

기다려도 기다려도 오지 않는 행복을 언제까지 기다려야 하나요?

아니면 영영 그 사람에게는 행복이라는 것이 없는 것일까요.

더 세월이 가기 전에 잡고 싶어 합니다.

간절하게 빌어 봅니다.

먼발치에서 바라보니 마음이 아픕니다.
더 가까이 다가가서 손을 잡아주려니 손이 떨립니다.
상처받지 않고 잘 이겨냈으면 좋으련만 찢어진 마음을 다시 붙이려니 힘이 드는가 보네요.

이 아픔도 시간이 지나야 덜해질까요?
흘린 눈물만큼 행복해졌으면 좋을 텐데요.

아직 부치지 못한 편지!

나는 아직 부치지 못한 편지가 있습니다.
마음속에만 담아 두었던 편지를 아직 우표조차 붙이지 못하고
있습니다.
편지를 받아 볼 사람이 어디 있는지 모르다가 이제야 알았네요.

마음에 담아 두었던 편지를 부치려니 벌써 머리가 희끗희끗한
중년에 와 있습니다.
지금 그 편지를 부치려고 하는데 받아 볼 수 있을까 모르겠네요.
너무나 오랜 시간을 내 마음속에서 자리하고 있었는데 내 마음
을 읽어줄 수 있으면 더 바라지 않겠습니다.

부치지 못한 편지만 받아 준다면 세상 부러울 것이 없겠습니다.
그 사람을 사랑했으니까요.
닳고 닳는다 해도 그 사랑은 그대로 그 자리에 있을 거니까요.

이런 사람이라면

마음이 따뜻한 사람이라면 세상 사람들이 모두 따뜻한 사람이라면 정말 좋겠습니다.

연인끼리 부부끼리 또는 친구들끼리도 모나지 않고 마음이 따뜻한 사람들이라면 정말 좋겠습니다.

배려를 받기보다 배려를 할 줄 아는, 아집보다 양보를 할 줄 아는 그런 사람이라면 얼마나 좋을까요?

내 편, 네 편을 가르지 말고 서로 존중할 줄 아는 내 말만 들으라고 강요보다는 상대에 말을 귀담아들을 줄 아는 그런 사람이면 더없이 좋겠습니다.

나를 치켜세우기보다는 상대를 돋보이게 해주는 따뜻한 사람이라면 무엇을 더 바랄까요.

요즘은 나 스스로를 잘났다고 떠들어대기 바쁜 세상 입니다. 잘나지도 못했으면서도 잘 났다고 우긴들 누가 알아주나요.

혼자 잘 났으면 무엇이 그리 잘난지요.

둥근 둥근 삶 속에서 따뜻한 사람들끼리 행복을 찾아야 하겠습
니다.

눈물!

눈물이 흐릅니다.

그 사람이 아파하는 만큼 또 눈물이 흐릅니다.

흐르고 또 흐르고 마음이 아파서 눈물이 나네요.

마를 날이 없는 눈물!

살다 보면 좋은 날도 있고 싫은 날도 있겠지만 그 사람은 하루
하루가 지옥처럼 느껴지는 날이 더 많았나 봅니다.

기뻐서 흐르는 눈물이라면 얼마나 좋겠습니까.

좋아서 흐르는 눈물이라면 얼마든지 흘리겠습니다.

마음이 아파서 흐르는 눈물이라, 괴로워서 흘리는 눈물이라 더
아픕니다.

가까운 사람으로부터 외면을 당하고 더 가까운 사람으로부터
배신을 당하고 눈물 없이 산 세월이 없었나 보네요.

세상 살면서 행복해지고 싶었는데 그 행복마저 외면을 합니다.

죽고 싶은 마음 켜켜이 쌓아놓고 살아왔는데 끝까지 외면을 하

네요.

이제 다 떠나고 마음 추스르고 살아온 만큼만 살겠습니다.
세월도 약이 될까요, 아니면 눈물이 약이 될까요?

이런 것이
인연이 아닐까요?

살다보면 생김새는 다 달라도 생각이나 추구하는 것이 비슷한
사람들이 있습니다.
각자 살아온 방식도 다르고 환경도 다른데도 이야기를 나누다
보면 너무나 닮았다는 생각을 할 때가 있지요.

일부러 상대 생각에 꿰맞추려고 하는 것도 아닌데 깜짝깜짝 놀
랄 때 있지 않나요?
내가 생각하는 것과 상대가 생각하는 것이 닮은꼴처럼 똑같을
때 이것이 인연이 아닐까 생각해 봅니다.

인연이라는 것이 별것인가요.
서로 마음도 잘 맞고 생각하는 것이 같으면 인연이지요.
아무리 상대와 맞추려고 해도 도저히 맞출 수가 없는 사람이 부
지기수 아닌가요?

서로의 뜻이 맞는 사람을 만날 때 반갑잖아요.

겉으로는 달라도 속마음이 닮은 인연!
세상에는 별의별 사람들이 다 있잖아요.
생김새가 비슷한 사람은 찾기 쉬워도 속마음까지 비슷한 사람
을 찾기란 쉽지 않으니까요.

누구든 자신의 속마음까지 다 말하지 않고 이야기를 나누다보
면 '저 사람도 나와 비슷한 생각을 하고 있구나' 할 때, '어쩜 이렇
게 나와 같은 생각을 할 수 있지' 이럴 때 있잖아요.
아마도 영혼이라도 있다면 전생에 부부가 아니었을까 싶기도 하
고요.

좋은 인연은 가슴에 담는 거랍니다.
겉으로 보이는 모습보다 속이 꽉 찬 그런 사람!

진정한 친구란

진정한 친구란 친구의 단점을 알면서도 모른 채 덮어주는 친구
가 아닐까요.
굳이 친구의 단점을 공개적으로 발설해서 민망하게 할 필요는
없으니까요.
누구나 장점과 단점이 있습니다.

장점은 모른 채 단점을 가지고 좋은 친구니 나쁜 친구니 논할
필요도 없잖아요.
진정한 친구는 단점보다는 장점을 먼저 보고 그 친구를 더 돋보
이게 하는 친구가 진정한 친구입니다.
세상을 살아가면서 수많은 사람들을 만나게 됩니다.

그 중에는 좋은 사람도, 또 거리를 두게 되는 사람들도 있습니다.
사람의 좋고 나쁨을 금방 알 수는 없지만 짧은 만남에서도 알
수 있습니다.
이기적이고 냉소적인 사람은 곁에 친구조차 없을 겁니다.

몸에 밴 습관과 말투로 인해서 곁에 있던 친구들도 하나둘씩 멀어져 나중에는 결국 혼자밖에 없다는 것을 알게 될 겁니다.

좋은 친구 좋은 사람들 곁에는 항상 사람들이 모여드는 법입니다.

누가 모이라고 하지 않아도 자연스럽게 모여드는 게 사람 사는데 순리가 아닌가 합니다.

세상을
이렇게 살면 어떨까요?

다가오는 사람 민망하지 않게 두 손 잡아 반겨주고 가는 사람의
발걸음 가볍게 배웅해 줄 수 있는 그런 세상을 살면 좋겠습니다.
자주 만나지는 못하지만 기억에서 지워지지 않는 그런 사람이
되고 싶습니다.
허름한 식당에서 밥 한 끼를 같이 먹어도 불평하지 않는 그런
세상을 만들었으면 정말 좋겠습니다.

보고 있어도
그립고 그립다

그대를 보고 있어도 나는 그대가 그립습니다.
만나고 또 만나도 당신이 그리워지네요.
수많은 시간이 흘러 여기까지 왔는데도 아직도 당신이 그리워지
는 것은 아직 사랑이 남아 있어서 그런 거겠지요.

그리움은 또 다른 그리움을 낳고 벗어 던지려 해도 그리움으로
가득 차 있어서 벗을 수가 없습니다.
시간이 지나면 무디어질까 생각도 해 보았지만 무디어지기는커
녕 더 큰 그리움으로 남았습니다.

이만큼 세월이 흘렀건만 그리움은 고스란히 남아 있었습니다.
잊힌 사랑인줄 알았는데, 기억에서 지워진 사랑인줄 알았는데
나의 착각일 뿐이었습니다.

누구나 다 시간이 지나고 세월이 흐르면 무뎌진다고 하지마는
내가 지고 있는 이 그리움은 살아 움직이듯이 꿈틀거립니다.

억지로 그 그리움을 지우지 않겠습니다.

기억에서도 지우지 않겠습니다.

그마저도 없다면 살아갈 의미가 사라질 것 같아서요.

먼 훗날에도 지금처럼 그리워 할 수 있을지는 모르겠지만 내가

살아 있는 동안은 지워지지 않게 다독일 겁니다.

그 사랑이 변하지 않게요.

그래야 슬픈 사랑이 되지 않을 테니까요.

아들에게!

아들아?

이제 너도 성인이 되었단다.

군대도 다녀오고 완전한 어른은 아니지만 어른 행세를 하고 싶을 나이잖니.

어린 나이이지만 어른 흉내를 내고 싶어서 젊은 패기로 하지 말고 물불은 가리면서 살아다오.

객기도 부릴 줄 알겠지만 그런 것은 너의 인생에 도움이 되지를 않는단다.

네 나이 때에는 누구든 그런 것 할 줄 몰라서 안 하는 것이 아니라 인생에 도움이 되지를 않아서 안 하는 것일 뿐이란다.

1년, 2년 나이를 더 먹고 보면 금방 '30'이라는 숫자를 채운단다.

더디고 까마득한 날이라고 생각하겠지만 그것은 잠깐 사이에 다 다를 것이야.

삶을 어떻게 살아야 하는지는 누가 가르쳐 주어서 되는 것이 아니라 네 스스로 터득하고 헤쳐 나가야 할 너의 몫이란다.

엄마 아빠가 너의 모든 것을 해 줄 수는 없지 않겠니.

네가 할 수 있는 것은 미루지도 기대지도 말고 부딪혀 보거라.

세상을 순탄하게만 살려고 하지 말고 뜨거운 햇빛도 쬐어보고 장대 같은 비도 맞아 보거라.

느끼는 것이 있을 것이다.

무엇이 힘들고 무엇이 쉬운지는 스스로 깨우치거라.

아들아?

성인에게는 스스로 책임지는 습관도 있어야 한다.

잘못을 했을 때는 상대가 누가 되었든 고개 한 번 숙여라.

너보다 못한 사람일지라도 꼭 사과할 줄 아는 사람이 되기를 바란다.

그것은 어쩌면 너의 인생이 바뀔 수도 있는 문제일 수도 있단다.

나이를 더 먹고 결혼을 할 때는 부모보다는 네가 좋아하는 사람을 배우자로 맞이했으면 좋겠다.

너의 배우자는 너와 같이 살아갈 사람이지 부모와 같이 살 배우자를 찾는 것이 아니니까 네가 이 사람이면 되겠다고 확신이 섰을 때 고백을 하거라.

그래야 너도 후회라는 것을 덜 할 테니까.

아무리 좋은들 후회는 언제든지 할 수 있단다.

후회 없는 삶은 없단다.

이렇게 살아도 저렇게 살아도 삶에는 후회를 하게 마련이란다.

그것이 너만의 후회가 아니라 모든 사람들이 느끼는 일이라는 것도 잊지 말고 행복한 가정을 꾸린다면 부모는 더 이상 바라지 않는단다.

너희 가정에서 일어나는 일은 사소한 것이라도 둘이 해결하는 습관을 가져라.

부모한테 시시콜콜 이야기한들 도움보다는 더 상황이 나쁜 쪽으로 진행될 수 있으니까 말이다.

좋은 일들만 듣고 싶은 것도 부모의 희망이란다.

그 희망을 깨트리지 않는다면 너도 세상을 잘 살고 있다는 것이란다.

부모는 항상 너를 응원한다는 것을 잊지는 말아다오.

아들아?

사랑한다.

정말 사랑한다.

올 봄은
일찍 오려나 봅니다

겨울이 겨울 같지 않고 봄처럼 따스하네요.
지금이 한겨울인데도 햇빛이 따가울 정도로 덥습니다.
몇 번의 겨울 눈이 내렸지만 포근한 날씨 때문에 금방 다 녹아
버리고 흔적조차 없는 계절!

1월에 들어서며 해도 여우 꼬리만큼 길어진 것 같고 겨울이라기
보다 봄이라고 해야 맞을 것 같은 계절입니다.
벌써 개울가에 버들강아지가 꽃을 피우듯 몽오리가 져 있습니다.
이러다가 겨울이라는 계절이 사라지는 것은 아니겠죠?

따뜻한 기운을 받아 길가에 늘어진 개나리꽃이 때 이르게 필지
도 모르겠습니다.
올 겨울은 유난히 포근하고 따뜻한 겨울을 보내고 있습니다.
봄도 더 빨리 찾아올지도 모르겠네요.
계절을 잊은 듯 올 겨울은 이렇게 이렇게 지나가나 봅니다.

있는 그대로
생긴 그대로 바라보며 살자

사람의 얼굴이나 체형이 다 똑같을 수는 없습니다.

누구는 이래서 좋고 또 누구는 저래서 싫고를 떠나 있는 그대로 보면 안 될까요?

현재 있는 그 모습으로 사랑을 해주면 어떨까요.

잘난 사람도 있고 못난 사람도 있겠지요.

가진 자도 있고 가지지 못한 사람도 있습니다.

우리 그런 것 가리지 말고 지금 있는 그 모습으로 사랑해주면 좋겠네요.

운이 좋아서 일찍 승진을 한 사람도 있을 테고 만년 과장으로 있다가 퇴직을 하는 사람도 있을 것입니다.

예쁜 사람도 있을 것이고 그렇지 않은 사람도 있습니다.

그냥 우리 지금 그 모습으로 사랑했으면 좋겠습니다.

잘난 사람은 잘난 대로 못난 사람은 못난 대로 그냥 그렇게 봐주면서 살아가자고요.

아무리 잘났어도 하늘 밑에서 살고 아무리 못났어도 다 같이 하늘 밑에서 살잖아요.

죽을 만큼

한때는 죽을 만큼 힘든 때도 있었고 또 한때는 좋아 죽을 만큼 좋은 때도 있었습니다.
세상 살아가면서 어디 좋은 때만 있었을까요.
힘들었던 삶도 나의 삶이었고 기분이 날아갈듯이 기뻤던 삶도 나의 삶이었습니다.

세상의 일이 어디 내 뜻대로 살아지는 것도 아니었습니다.
바람 불면 바람 부는 대로 비가 오면 비가 오는 대로 부딪치며 살아왔습니다.
세상 살면서 알게 모르게 잘못도 하면서 무엇을 잘못했는지도 모르면서 살아왔습니다.

어느 누군가에게는 못이 박히는 말도 했을지도 모릅니다.
죽는다는 것만큼 힘들고 외로운 것은 없습니다.
죽을 만큼 좋아했던 사람도 죽도록 미워했던 사람도 있었습니다.
모두가 나를 스치고 지나가는 인연이었나 봅니다.

길가에 가다가 우연히라도 혹 모른 채 지나간다 하더라도 겨울
이 가고 봄이 오듯이 내 인생은 꽃이 필 겁니다.
아무리 미워한들 아무리 사랑한들 시간이 지나면 퇴색되는 것
은 어쩔 수가 없나 보네요.

시간이 지남에 따라 계절이 바뀌고 또 바뀌면서 우리들의 기억
에서 하나둘씩 지워져 가네요.
죽을 만큼 힘들었던 시간들도 내 마음의 호수처럼 잔잔해져 갑
니다.
이 세상에 '죽을 만큼', 그 이상은 없을 테니까요.

언젠가는
좋은 날도 있겠지요

언젠가는 우리에게도 좋은 날이 있겠지요.
언제까지 비가 오는 날만 있겠어요.
비가 오늘 날도 있듯이 봄날처럼 따뜻한 날도 있을 겁니다. 나뭇가지에 피린 새순이 돋듯이 우리의 삶도 봄날 같은 날이 있을 거예요.

지금은 힘들고 괴로운 날일 수도 있겠지만 그것도 한때이고 구름이 바람에 밀려가듯이 쨍하고 햇빛 좋은 날이 올 거예요. 누구나 다 힘들다고 하지만 언제까지 그런 날만은 아닐 겁니다.

여름 한낮에 뜨거운 열기를 식혀 주는 소낙비가 내려 주듯이 우리에게도 그런 좋은 날이 있겠지요.
우리는 매일 매일을 새롭게 맞이합니다.
똑같은 매일이고 하루지만 그 중에 좋은 날도 있었을 거예요.

물론 나빴던 날도 있었겠지만

우리는 매일 매일 희망을 가지고 시작합니다.

오늘도 내일도 작은 희망 하나 품고서 언젠가는 좋은 날이 있기

를 바라면서요.

하루 종일!

하루 종일 그 사람이 생각납니다.

오늘은 무엇을 할까 지금은 무엇을 하고 있을까 자꾸만 그 사람이 머릿속에서 맴돌고 있습니다.

밥은 먹있을까 무슨 반찬으로 먹었을까 아프지는 않은지 온통 그 사람으로 채워져 있네요.

잊힌 사람이 아니었기에 지워진 사람이 아니었기에 그런가 봅니다.

지우개로 지울 수도 없는 머릿속에 삭제 기능이 있는 것이 아니기에 더 생각이 나네요.

무엇으로도 지울 수가 없기에 하루 종일 그 사람이 지워지지 않네요.

언젠가는 지워질지 모르겠지만 아마도 오랫동안 그 사람이 내 마음속에 있을 겁니다.

이렇게 잊히거나 지워지지 않는 그 사람을 억지로 지우고 싶은 마음은 없습니다.
어쩌면 평생을 그렇게 살지도 모릅니다.

쉽게 잊고 지울 사람이 아니기 때문에 더 그리워지는 것도 맞을
겁니다.
스쳐지나가는 인연이 아니기에 바람처럼 지나가는 인연이 아니
기에 그 모습을 잊을 수가 없습니다.

내 마음속에 오래오래 남을 인연이기에 하루 종일 그 사람이 생
각이 납니다.

하나를 얻을 때는
다른 하나를 놓아야 할 때도
있습니다

하나를 얻으려면 어느 것 하나는 잃을 수도 있습니다.

둘을 얻기 위해서는 모두를 잃을 수도 있습니다.

우리가 살아가다보면 뜻 하지 않게 둘을 얻을 수도 모두를 잃을

때도 있습니다.

사람의 욕심은 한도 끝도 없다고 많이들 이야기합니다.

하나를 얻기 위해서는 무엇인가 하나는 놓아야 할 때 많은 사람

들이 고민을 하겠지요.

누구나 둘을 모두 얻고 싶은 마음은 다 있습니다.

욕심이 과하면 모두를 잃는다는 것을 알면서도 놓지를 못하는

것이 우리들이 아닌가요?

여러분?

하나를 얻기 위해서는 하나를 놓을 줄 아는 사람이 되면 어떨

까요.

많이 있다고 다 가져갈 수 있을까요.

양손에 잔뜩 쥐고 간들 무겁기만 할 겁니다.

혹 남는 것이 있다면 다른 사람들도 가져갈 수 있게 그 자리에

놓고 가면 안 되는 걸까요?

하나를 얻기 위해서는 다른 하나를 놓는 방법도 배우면 어떨까요?

내 삶에서
소중한 사람들

나의 삶에서 소중한 사람들이 있습니다.

내 아내, 내 아이들, 또는 친한 친구들도 있을 테고 나에게 도움을 주었던 소중한 지인들까지 모두 내게는 소중한 사람들입니다.

아내를 버릴 수 없고 나의 분신 아이들을 모른 체 할 수 없는 것은 어느 누구든 같은 마음이겠지요.

모두가 내게는 가장 소중한 사람들이기 때문에 그렇지요.

언제나
친구처럼 연인처럼

부부가 연을 맺어서 살아갈 때 가장 이상적인 관계는 어떤 관계일까요?

각자의 부부들이 각자의 방법으로 살아가겠지요.

어떤 것이 정답일 수는 없겠지만 부부가 친구 같은 부부, 연인 같은 부부라면 어떨까 하네요.

결혼을 하기 전의 연애 감정으로 부부처럼, 연인처럼 그런 부부라면 서로 부딪힐 일은 덜 하지 않을까요?

물론 매일매일이 마냥 좋은 감정만은 아닐 수도 있을 겁니다.

사람이 사는 데 어디 좋은 일만 좋은 감정만 있을까요.

죽도록 사랑했던 사람도 미울 때가 있을 것이고 쳐다보기도 싫을 때도 없지 않아 있겠지요.

부부처럼, 연인처럼만 부부가 살아간다면 더없이 좋겠지만 어쩌면 마음뿐일 때도 분명 있을 것입니다.

살아가는 방식에 무슨 정답이 있고 틀이 있을까요.

노트에 적힌 대로, 책에 쓰인 대로 삶이 살아지는 것은 아니잖아요.

각자의 마음속에 어떻게 살고자 하는 방식이 그 사람의 삶의 방식이겠죠.

누가 가르쳐준들 그것이 내가 꼭 그렇게 살아야 한다는 것도 아니니까요.

친구처럼, 연인처럼만 부부가 산다면 행복한 삶이 아닐는지요.

추운 겨울날에는
꽃이 피지 않습니다

추운 겨울에는 꽃이 피지를 않습니다.

워낙 춥기 때문에 꽃을 피워도 얼어 죽을 수도 있고 또 오래가지를 못하니까요.

나무들도 꽃들도 따스한 봄날을 기다리며 때를 기다리는 거겠죠.

우리네 사람들도 다 때가 있다고들 말을 합니다.

사업을 하든, 장사를 하든 각자의 기다림이 있을 거예요.

그게 흔히 말하는 '때'이겠죠.

꽃들도 봄날에 꽃을 피워서 오랫동안 사람들에게 향기와 예쁜 모습을 보여주려고 그 추운 겨울을 기다렸나 봅니다.

때도 모르고 꽃을 피웠을 때는 그 꽃은 오래가지 못할 거예요.

추위에 얼어 죽거나 다 피우지도 못하고 떨어져 버리겠지요.

우리가 삶이라는 것을 살아갈 때도 때를 잘 만나야 하겠죠.

무슨 일을 하더라도 기다릴 줄도 알고 고민할 줄도 알아야 할 겁니다.

그래야 여러분이 이루고자 하는 것을 얻을 수 있지 않을까 합니다.

겨울에는 꽃을 피우지 않듯이 우리도 좋은 때 그 기다림이라는 것을 알아야 하지 않을까요?

후회하면서
사는 게 인생이랍니다

어느 누가 그러네요.

인생은 후회하면서 사는 거라고.

아무리 잘 살아도 후회를 하고 못 살아도 후회를 하는 거라고.

잘 살았다고 후회를 하지 않을까요.

재물이 많다고 후회를 하지 않을까요.

살아가는 데 후회를 하면서 내 자신이 여기까지 온 것인지도 모릅니다.

결혼은 해도 후회, 안 해도 후회를 한다고 합니다.

인생을 살면서 후회 없이 살아온 사람이 있을까요?

작든 크든 매일매일 후회라는 것을 달고서 사는 게 우리네 인생이 아닐까요.

아무리 잘한 결정이라도 금방은 아니지만 후회를 할 때가 있잖아요.

살아오면서 수없이 고민을 하고 결정을 할 때 앞일을 모르니까 고민을 하는 것이고 또 후회도 있는 법이잖아요.

삶의 한 가운데서

나의 삶 한 가운데서 뒤를 돌아다 보았습니다.

나는 얼마 잘 살아왔는지 후회 없는 삶을 살아왔는지, 내가 살아온 날들과 앞으로 살아갈 날의 내 삶은 어떨지 미리 살아보고 사는 것이 아니기에 살아온 날들의 뒤를 돌아다보니 후회는 있어도 그래도 잘살아 왔다고 생각합니다.

세상을 살면서 후회 없는 삶이 있을까마는 누구나 한 번쯤은 후회를 하겠지요.

삶의 한 가운데 서 있어 보니 앞으로도 살아온 날들만큼 또 살아야 하는데 후회 없이 살 수 있을지는 나 자신도 모릅니다.

건강하게 지금처럼 살아질지는 그 어느 누구도 모릅니다.

이만큼 살아보니 그리운 사람들도 생각이 나고 가까이 지내던 친구들도 생각이 나네요.

그 친구들도 지금쯤 이런 생각 한 번쯤은 하고는 살까.

많은 생각이 듭니다.

우리의 생의 반쯤에 서 있어 보니 길지도 않지만 많이 살았네요.

언제 또 다시 내가 살아온 날을 뒤돌아볼지는 몰라도 어쩌면 그런 날이 안 올지도 모릅니다.
지금 이 순간이 가장 행복한 날일 수도 있을 겁니다.

오늘이 당신에게
최고의 날일 수 있습니다

오늘이 당신에게는 최고의 날일 수 있을 겁니다.

당신이 살아온 날들 중에 가장 기분 좋은 날이 될 수도 있습니다.

흔치 않는 날이지만, 자주 있는 날이 아니지만 오늘은 당신에게서 가장 행복한 날이 될 수도 있습니다.

아직 다 가지 않은 오늘, 남은 시간까지 어떤 좋은 일이 생길지는 아무도 모릅니다.

당신에게 큰 선물을 주려고 뜸을 들이는지도 모르잖아요.

기다려 보세요.

오늘이 당신에게 최고의 날이 될 수 있을지 누가 아나요.

희망을 가지고 기다려 보세요.

그 최고의 날이 될 수 있도록 말입니다.

너에게 하고 싶은 말

네가 하고 싶은 대로 한 번쯤 해 봐.

무슨 일이든 한 번쯤은 부딪혀 보았으면 좋겠어.

꼭 잘 되리라는 생각은 안 해도 너에게 꼭 말하고 싶어. 네가 하고 싶은 대로 해 보라고.

그래야 후회가 적지 않겠니?

남이 시키는 대로만 하지 말고, 네가 생각하는 것이 있잖아.

그 일을 주저하지 말고 조금씩 조금씩 펼쳐 보았으면 좋겠어.

너도 가고 싶은 곳도 있을 거고 먹고 싶은 것도 있을 거야.

누구든 자신이 하고 싶은 일이 없겠니.

세상은 하고 싶은 대로 살아야 하지 않겠어.

이 세상 살면서 후회를 안 할 수는 없겠지만 한 번쯤 네가 하고 싶은 대로 해 봐.

정답은 아닐 수도 있지만 모든 것에 정답은 없는 것이니까.

덕유산의
겨울 눈꽃을 보며

처음으로 덕유산을 다녀왔습니다.

대전역에서 지인들을 만나 다 함께 사진 한 방 찍고 덕유산 주차장으로 출발했습니다.

주차장에 도착해서 각자 짐을 챙기고 등산 준비도 마치고 걷기 시작했습니다.

봄, 가을 등산은 다녀 보았지만 겨울 등산은 처음이다 보니 걱정 반 근심 반으로 여러 지인들과 평지를 약 6㎞ 걷고 나서 백련사를 지나 본격적인 등산을 시작했습니다.

겨울이라 해도 눈이 많이 내리지 않아서 그런지 산 아래 쪽은 눈길이 아니기에 그나마 쉽게 올라갈 수 있었습니다.

지인들과 일렬로 올라가면서 초반인데도 숨이 많이 찼지만 기를 쓰고 올라갔습니다.

중간 중간에 계단이 있었는데 경사진 등산로를 올라가는 것보다 계단을 올라가는 것이 몇 배 더 힘이 들고 더구나 무릎이 시려서 몇 번을 쉬었다를 반복하며 올라갔네요.

등에서는 땀도 나고 덥기까지 했지만 옷을 벗기에는 너무 추워서 그럴 수도 없었습니다.

약 2시간을 올라 갔을 때부터 산 위에 쌓인 하얀 눈들이 조금씩 보였습니다.

조금 더 올라가니 그때부터는 완전 눈밭이었습니다.

발목이 다 묻힐 정도로 많이도 쌓여 있었고 나뭇가지마다 눈들이 쌓인 것을 보니 힘들게 올라온 보람을 느꼈습니다.

눈이 많이 쌓여서 등산로가 골목길처럼 좁게 길이 나 있어서 그나마 수월하게 갈 수가 있었습니다.

등산객들 모두가 멋진 덕유산의 눈꽃을 휴대폰에 담느라 야단들이었고 우리 지인들도 서로 서로 사진을 찍어주느라 모두가 가던 길을 멈추고 눈이 쌓인 산을 구경하기 바빴습니다.

햇빛에 반사된 눈꽃이 반짝반짝 빛나는 것이 '멋있다'라는 말로도 표현이 다는 안 될 것 같았습니다.

3시간 정도를 걸어서 드디어 정상에 올라갔을 때는 이미 등산객이 초만원 상태에 있었습니다.

울긋불긋한 등산복 차림으로 정상 인증 샷을 찍느라 줄을 서야 했고 저마다 정상의 모습을 카메라에 담느라 삼삼오오 모여서 시끌벅적 했습니다.

우리 지인들도 다른 등산객들처럼 기념사진도 찍고 다시 볼 수 없을 풍경인 듯 폰 카메라에 담기 바빴습니다.

정상에서 곤돌라를 타려고 했었는데 내려갈 사람들이 너무 많아서 할 수 없이 올라왔던 길을 다시 내려오기 시작했습니다.

한참을 내려오다가 배도 출출하고 해서 점심을 먹었는데 우리 지인들 각자가 싸 가지고 온 도시락을 눈 위에 둘러앉아서 먹는데 이렇게 맛있을 수가 있을까 싶을 정도로 꿀맛이었습니다.

눈밭에서 도시락을 먹을 기회가 우리가 살면서 얼마나 될까 싶기도 했습니다.

그래도 내려오는 길은 올라 갈 때보다는 쉬웠고 힘도 덜 들어서 일찍 내려올 수가 있었습니다.

주차장까지 내려와 밑에서 기다리던 지인들과 합류해서 늦은 점심을 먹고 모두들 대전역을 향해서 출발을 했습니다.

그때 같이 덕유산 등산을 갔던 친구님들 모두 수고하셨습니다.

오늘 하루가 힘들었던 산행이었지만 다시 한 번 가 보았으면 하는 덕유산 등산.

여러분들과 좋은 시간을 갖게 되어서 오늘이 행복했습니다.

모두들 수고 하셨습니다.

좋은 인연!

우리는 살아가면서 수많은 사람들을 만나게 됩니다.

그 수많은 사람들 중에는 좋은 인연으로 만나지게 되는 경우도 있고 또 악연으로 끝을 내게 되는 일도 있습니다.

자주 만나거나 오랫동안 연락도 못 하면서도 좋은 인연이 되는 일도 생기게 됩니다.

오다가다 자주 만나면서도 인연보다는 악연이 될 때도 있으니까요.

옛말에 옷깃만 스쳐도 인연이라 했지만 요즘은 그렇지를 못한가 보네요.

나의 이득을 먼저 생각하고 인연을 가장한 그런 인연도 있잖아요.

자주 볼 수는 없어도 자주 연락도 못 하면서도 좋은 인연이 되는 사람도 있습니다.

서로의 어떤 이익보다는 그 사람의 좋은 인상과 행동으로도 서로 통하는 굳이 말을 하지 않더라도 상대의 마음을 알아주는 인연!

그런 좋은 인연도 있습니다.

매일매일 아침마다 '안녕'이라는 두 글자를 톡에 남겨주는 인연.

'오늘 날씨가 추우니 감기 조심하라'는 말은 많은 것을 담고 있으니까요.

멀리 있어도 서로 소통할 수 있는 사람이 진짜 좋은 인연이 아닐까 합니다.

눈에 보이는 것만이 그 사람의 모든 것이 아니듯 보이지 않더라도 그 사람의 속내를 알아주는 것이 가장 좋은 인연이라 붙여 봅니다.

괜찮아 괜찮아
다 괜찮아질 거야

친구야?

힘든 일이 있어도 우리에게는 젊음이라는 게 있잖니.

우리에게 언제 좋은 날만 있었겠어.

살다보면 생각지도 못한 일들이 우리 앞에 놓일 때도 있었잖아.

좋은 날은 좋은 날대로 우리가 짊어져야 할 일들이고 또 나쁜

날도 우리가 지고 가야 할 일들이었어.

비록 지금은 힘이 든다고 하더라도 다 괜찮아지지 않겠니?

세상 풍파 다 겪으며 살아온 날들인데 이것쯤 헤쳐가지 못할까.

힘들도 괴로운 일이 우리에게만 있는 것은 아닐 거야.

조금씩 조금씩 다 힘든 일을 겪으며 살아가고 있어.

오늘이 운이 나쁜 날일 수도 있고 또 좋은 날일 수도 있듯이 다

괜찮아지는 날도 있을 거야.

아무 일도 없듯이 비가 내린 후 하늘이 맑아지듯 괜찮은 날이

꼭 올 거야.

다 괜찮아지는 날이.

누군가에게
잊히지 않는 사람으로
남아 주세요

누군가에게 잊히지 않는 사람으로 남는다면 어떨까요?

누군가에게 자신이 좋은 이미지로 남아 있다면 좋은 일이 아닐까 하네요.

우리는 매일 매일 새로운 사람들을 만나며 살아갑니다.

같은 사람일지라도 오늘따라 다르게 보일 수도 있습니다.

입고 있는 옷이 다를 수도 있고 머리 모양이 어제와 다를 수도 있습니다.

우리는 매일 매일 새로운 것을 만나며 습득을 하게 됩니다.

시간이 가고 세월이 흐를수록 머릿속에 가득 차 있던 많은 것들은 기억에서 나도 모르게 지워지게 됩니다.

나쁜 것만 지워지면 좋겠지만 좋은 기억, 좋은 사람들도 가끔은 지워질 때도 있으니까요.

나 자신이 누군가에게 잊히지 않는 사람으로 남는다면 기분 좋은 일이 아닐까요.

그 사람한테 어떤 이미지를 주었는지는 모르지만 나를 기억해 준다면, 나를 잊지 않았다면 그것만큼 좋은 일이 또 있을까요.

살다 보면

살다 보면 그리운 날도 있습니다.

살다 보면 울고 싶은 날도 있습니다.

살다 보면 누군가의 어깨에 기대어 잠들고 싶은 날도 있습니다.

살다 보면 누군가를 붙잡고 힘들었던 지난날을 말하고 싶을 때도 있습니다.

살다 보면 세상은 내 편이 아니라는 생각이 들 때도 있습니다.

살다 보면 자신이 왜 사는지 모를 때도 있습니다.

살다 보면 문득 모든 게 귀찮다고 느껴질 때도 있습니다.

살다 보면 후회할 때도 있습니다.

살다 보면 행복해지고 싶을 때도 있었습니다.

살다 보면 봄 햇살처럼 따뜻한 날도 있겠죠.

살다 보면 나에게도 좋은 날이 있을 것이라 믿어 봅니다.

네가 보고 싶어서
바람이 분다

오늘도 네가 보고 싶어서 바람이 부나 보다.
네가 보고픈 마음에 내 가슴에서 잔잔한 바람이 이나 보다.
오늘도 내일도 내 마음에 부는 바람은 아마도 네가 보고 싶은
마음에서 부는 게 아닐까 싶다.

잔잔한 호수 같았던 내 마음에 물결이 일듯 부는 바람은 너 때
문일 거라는 것을 나는 알고 있다.
햇빛 좋은 날에 일렁이는 이 바람은 바로 네가 보고 싶어서 부
는 바람일 거야.

불어라 바람아.
내 마음을 바람에라도 실어서 보낼 수 있게 불어다오.
오늘도 내일도 불어다오.
너의 힘을 빌어서 내 마음을 전할 수 있게 바람아 불어다오.

가는 세월

가는 세월을 누가 잡을 수 있겠습니까, 막을 수가 있겠습니까.
중년이란 말이 어색하지 않고 살아온 날들이 화려하지는 않았지만 그래도 욕 안 먹을 만큼은 살아왔습니다.
벌써 또 한 해를 보내야 할 때가 왔습니다.
싫어도 보내야 하고 좋았어도 보내야 할 때인 것 같네요.
보내는 마음이야 홀가분할지도 모르겠습니다.

우리에게는 또 다른 한 해가 다가와 채워지겠지요.
우리는 그 1년이라는 시간을 차곡차곡 채워 넣기만 하면 되는데 무엇으로 채우느냐가 문제겠지요.
가정에 화목, 사랑, 배려, 친구와의 우정, 이런 좋은 것으로 채워야 하는데 어느 사이에 미움도 갈등도 덩달아서 채워지더라고요.
나는 좋은 것으로만 채우고 싶었는데 내 마음속에 미움과 갈등도 함께 있었나 봅니다.
우리 내년 2018년에는 올해보다 더 좋은 해로 만들어 가자고요.

무엇이든지 사랑으로만 감싸 안으면 미움과 다툼도 사라지지 않을까요.

누가 먼저가 아니고 다 같이 손을 내미는 그런 해로 만들어 보세요.

어렵다고만 하지 말고 다 같이 노력을 하면 되잖아요.

이런 것이 사람이 사는 사회이니까요.

아웅다웅하면서 보낼 시간이 있다면 그 시간을 더 좋은 데 써 보세요.

아마도 그 시간만큼은 행복하게 보낼 수 있지 않을까요.

나의 행복만을 챙기지 말고 남도 행복할 수 있게 한다면 좋은 일이 아닐까 합니다.

혹여 올해가 가기 전에 풀 것이 있다면 먼저 손을 내밀어 풀어 보세요.

감사할 일이 있으면 감사함도 표하고.

짐을 지고서 새해를 맞을 수는 없잖아요.

무거운 짐 내려놓고 새해를 맞이하자고요. 2018년에도 여러분 모두에게 좋은 해가 될 것입니다.

가을을 보내며 2

가을, 가을 타령을 하던 때가 아마도 며칠 전 같았는데 서리가
내리고 얼음이 살짝 얼더니만 가을 냄새보다는 겨울 냄새가 더
나는 것 같네요.

고왔던 단풍 색깔도 지저분하게 변해 버렸고 가을 찬바람에 떨어
져 뒹구는 낙엽이 발끝에서 아스락 부서지는 소리가 들립니다.

이제 간신히 남아 있는 가을을 놓아 주자고요.

이제 겨울 맞을 채비를 해야 하지 않을까요?

나무들은 옷을 벗고 헐벗은 몸으로 겨울을 나지만 우리들은 따
뜻한 옷으로 서서히 갈아입을 때가 된 것 같아요.

마지막 남은 단풍 한 잎마저도 얼마 못가서 가을 찬바람에 떨어
지겠죠.

여러분?

이제 가을을 우리 곁에서 떠나 보냈으면 좋겠습니다. 가을은 그
냥 가을로 미련을 두지 말자고요.

우리에게는 또 다른 계절 겨울이 있잖아요.

나는 오늘도 꿈을 꾼다

나는 오늘도 꿈을 꿉니다. 작은 꿈일 수도 있지만 어제도 오늘
도, 아니 내일도 꿈을 꾸렵니다.

오늘 하루도 내게는 꿈을 꾸는 날의 하루입니다.

아침 햇살을 맞으며 둥그렇게 떠오르는 태양을 바라보며 내게
주어진 하루를 잘 살아 보려고 꿈을 꾸네요.

누구에게나 주어지는 하루지만 내게 주어지는 하루를 더 감사
하게 느끼며 오늘도 나는 꿈을 꿉니다.

로또를 사서 1등이 아닌 2등이라도 맞았으면 하는 꿈!

누구나 한 번쯤 꾸는 꿈이 아닐까요?

길을 걷다 운 좋게 만 원짜리 한 장을 주웠을 때 큰돈은 아니지
만 기분이 좋지 않나요?

그 날의 운일 수도 있잖아요.

누가 아나요.

더 큰 꿈이 이루어질지는 아무도 모르니까요.

나는 오늘도 꿈을 꾸며 하루를 보냅니다.

이루어질지는 모르지만요.

오늘 같은 날에는

오늘 같이 찬바람이 부는 날에는 뭘 하면서 하루를 보냈나요?

아침부터 영하의 날씨에 찬바람이 불었네요.

모처럼 겨울 같은 겨울을 맞이했네요.

지금껏 봄 같은 겨울을 보내다가 이제야 제철인 겨울의 맛이 납니다.

귀가 떨어져 나갈 만큼 찬바람이 하루 종일 불어오더니 수은주마저 영하로 쑥 내려갔네요.

오늘은 진짜 겨울 같은 겨울 속에서 하루를 보냈네요.

겨울의 끝은 아직 멀었는데 너무 일찍 겨울이 끝날까 봐 아쉽네요.

좀 더, 좀 더 겨울이 길었으면 좋겠는데 그것은 내 마음뿐이네요.

누구에게나
청춘은 있었다

사람이라면 누구나 청춘은 있었습니다.

한 사람의 생애에 가장 좋았고 잘나가던 시절이 있었을 것입니다.

그게 스무 살 때든 서른 살 때든 아니면 더 나이를 먹었을 때일지도 모르지만 모든 사람들에게는 가장 잘 나갔을 때, 하는 일마다 잘되고 하는 것마다 실타래 풀리듯이 술술 풀렸던 때가 있었을 겁니다.

그때가 여러분의 청춘이 아니었던가요?

누구에게나 청춘은 있습니다.

시기가 언제였나에 차이가 있을 뿐.

한 번 뿐인 사람도 있었겠지만 두 번, 세 번 또는 여러 번의 청춘을 보냈을 수도 있습니다.

어쩌면 여러분에게 오늘이, 또는 내일이 가장 좋은 청춘이 될 수도 있을 겁니다.

그 기회를 놓치지 마십시오.

두 번 오는 청춘이 아닐 수도 있습니다.

어떤 때는
나도 내 마음을
모를 때가 있습니다

세상을 살다 보면 어떤 때는 나조차 내 마음을 모를 때가 있습니다.

지금 내가 하는 일이 잘 하고 있는지 아니면 잘못하고 있는지 판단이 흐려질 때가 있습니다.

잘 하려고 했지만 과정이나 결과가 내 의도와는 다르게 나타날 때 허탈하기도 하지만 이것을 왜 내가 하고 있지 하는 의문을 가질 때도 있습니다.

모든 일이 내 뜻대로 다 이루어질 수는 없겠지요.

살아가고 살아가 보니 내 마음이 어떤 것인지 나 자신도 모를 때 가끔 있잖아요.

어떤 것이 옳은지 그른지 어떤 것이 맞고 틀린지 헷갈릴 때 한 번쯤은 있었을 겁니다.

우리라고 모든 일에 옳은 일만 했겠습니까.

우리도 가끔 잘못을 할 때가 누구에게든 있을 수 있는 일이잖아요.

신이라고 할지라도 잘못할 때가 없었을까요.

우리는 어떤 일을 새로 시작할 때 한 번쯤 고민을 하게 됩니다.

잘될지 안 될지 기로에 서서 누군가의 조언을 구하기도 하잖아요.

살다 보니 내 마음이 어떤 것인지 모를 때 답답하기 그지없네요.

나도 내 마음이 어떤 것인지 모를 때요.

수많은 날들 중에
오늘 하루쯤은

수많은 날들 중에 오로지 나 자신에게만 하루를 쓸 수 있을까요?

이것저것 다 묻어두고 나만을 위한 시간.

여행을 가든, 다른 무엇을 하든 내 스스로가 나를 위한 시간을 가져본 적이 있나요?

어릴 때야 쉬운 일일 수도 있겠지만 가족이 있고 아내와 아이들이 있을 때는 더욱더 나의 시간이란 게 쉽지는 않겠지요.

내가 책임을 져야 할 사람들은 희망이기도 하지만 나 자신을 쏟아 부어야 하는 사람들이기도 합니다.

많은 사람들이 이리 얽히고 저리 얽히고 하다 보니 본인 자신의 시간은 거의 없었을 겁니다.

오늘은 어떻게 해서 하루를 채워야 하고 또 내일은 어떤 것으로 채워서 하루를 만들어가야 하는지 복잡하고 미묘한 세상을 살아가고 있네요.

이다음에, 또 이다음에 꼭 나만의 시간을 갖기로 스스로 생각해 보지만 그 '이다음에'는 정말 내 시간이 있을까요?

비슷한 삶을 살아가는 사람들 대부분이 나처럼 똑같은 생각을 하고 있을지도 모릅니다.

오로지 나를 위한 시간이 나이 먹고 아이들이 다 큰 후에 올지도 모릅니다.

어쩌면 그런 시간이 오지 않을 수도 있을 겁니다.

더 늦기 전에 딱 하루만이라도 시간을 가져 보세요.

자신을 위한 시간을 뒤로, 뒤로 하다가 진짜 내 시간을 가질 때는 아마도 그 시간이 사라질지도 모릅니다.

한 번쯤은 나 자신을 위한 하루쯤은 가져보는 것도 좋은 일이 아닐까 합니다.

여러분에게
친구란?

여러분에게 친구는 몇 명쯤 되나요.

그 중에는 진짜 가까운 친구도 있을 테고 또래니까 그냥 알고 지내는 친구도 있겠죠.

친구는 많을수록 좋지만 진정한 친구가 얼마나 있느냐가 중요하지 않을까 하는데요.

내가 힘들고 어려울 때 옆에서 묵묵히 기다려주는, 힘든 얘기를 받아줄 줄 아는 친구, 손을 내밀어서 손을 잡아주는 친구가 진짜 친구가 아닐까 합니다.

수많은 친구들은 누구에게나 있을 겁니다.

학연으로, 지연으로, 또는 사회에서 만난 친구들까지 여러 부류의 친구들도 있겠지요.

그 수많은 친구들 중에 진짜 우리를 친구로 여기는 사람이 얼마나 될까요.

아마도 수십 명까지 되지는 않겠죠.

더 많을 수도 있겠지만 내가 어렵고 힘들 때 내 곁을 떠나는 친구가 있다면 진정한 친구는 아니겠죠.

아무리 어렵고 돈 한 푼 없다고 해도 친구의 자리를 지켜주는 사람이 가장 오랫동안 같이 있어줄 친구이죠.

밥 한 끼 같이 먹으면서 유년 시절의 이야기를 나눌 수도 있고 소소한 삶의 얘기도 나눌 수 있는 사람이 여러분 곁에서 오랫동안 자리를 지켜줄 친구일 겁니다.

금전적 또는 물질적으로 연결된 친구는 그것이 사라졌을 때는 떠날 수 있을 겁니다.

그것이 존재하는 날까지만 친구일 뿐이겠죠.

여러분?

우리는 그런 친구보다 진짜 진정한 친구로 남는 것은 어떻습니까?

진정한 친구로!

당신의
삶의 무게는?

당신의 삶의 무게는 얼마나 되나요?

지금까지 살아오면서 등에 지고 있던 그 무게 말입니다.

나이를 먹어가면서 그 무게 또한 더해졌겠지요.

어릴 때야 무게를 느끼지 못했겠지만 스무 살이 넘어가고 서른 살을 넘어 결혼이라는 것을 하면서 그 무게감은 더해가기만 했을 겁니다.

하나, 둘 아이들이 태어나고 세월이 지나면서 삶의 무게는 점점 무거워질 수밖에 없었을 겁니다.

40년 또는 50년을 살아보니 그 나이 때에는 누구든 그만큼의 무게를 져야만 했나 봅니다.

이제는 오래 지고 있어서 그런지 그 무게감도 느끼지 못할 만큼 둔해졌습니다.

내려놓으려고 해도 이제는 내려놓을 수가 없습니다.

조금만 조금만 더 지고 있으면 내 아내, 내 아이들이 조금은 편하지 않을까 해서 그럽니다.

누구나 다 그런 생각을 지고 있는 것은 아닌지요.

지금까지 지고 있던 그 짐을 당장 내려놓으면 너무나 허탈해지
지 않을까요.

어깨가 가벼워서 날아갈 것만 같겠지만 그 무게가 없었다면 내
가 여기까지 올 수 있었을까요.

여러분들도 비슷한 삶을 살았다면 저만큼의 무게를 지고 있지
는 않았을까요?

어쩌면 그 무게로 인해서 여기까지 왔다고 해도 틀린 말은 아닐
겁니다.

먼 훗날에 내 등에 진 짐이 훈장처럼 될지도 모르지만 지금은
내려놓을 수가 없어서 지고 있으렵니다.

그 무게가 얼마가 되었든 삶의 무게는 이런 건가 봅니다.

동그라미 사랑!

사람은 결혼이라는 것을 하면서 동그라미 사랑을 그립니다.

결혼을 하면 혼인 신고를 하게 되고, 그건 법적으로 결혼했다는 증명서죠.

부부는 서로 자신들이 하나의 공동체라는 것을 반지며 목걸이며 그 외의 것으로 표시를 해서 알리기도 합니다.

부부로서 해야 할 일이 있고 하지 말아야 할 일들이 있습니다.

결혼이라는 동그라미를 그려놓고 부부는 그 틀 안에서만 있기를 바라는 게 대부분의 부부들이 아닌가요?

동그라미가 작을 경우는 서로가 금 밖으로 벗어나지 않으려고 노력하지만 어쩌다 금이라도 밟든지 넘어갔을 때는 틀을 깼다고 서로 아우성치기 일쑤입니다.

그 동그라미가 작을수록 서로의 마음도 작아지고 부부싸움이 더 잦을 수도 있겠지요.

남편이든 아내이든 누가 금을 밟고 넘어가는지를 감시를 하게 되고 결국은 서로에게 상처만 주는 동그라미 사랑이 될 수도 있겠지요.

만약에 동그라미를 조금 크게 그렸다면 서로의 마음도 넓어지고 상대를 바라보는 시선도 작을 때보다는 편하지 않을까 하네요.

내 남편 내 아내를 사랑한다면 금을 밟았다고 나무랄 것이 아니라 한 번쯤은 눈을 감아줄 수는 없을까요?

동그라미를 서로의 마음에 맞게 작지도 크지도 않게 그렸다면 부부의 마음도 동그라미 크기만큼 될 테니까요.

동그라미가 크다고 좋은 것도 아닐 테고 작다고 좋은 것은 아닐 거예요.

부부의 마음 크기만큼만 그려서 산다면 어떨까 합니다.

여러분의 마음속에 마음 크기만큼 동그라미를 그려 보세요. 어느 만큼의 크기로 그릴 수 있을까를.

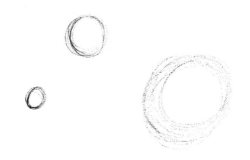

헤어지기는 쉬워도
또 다시 만나기는 어렵습니다

만남이란 쉬운 것 같아도 쉽지 않은 게 만남일 겁니다. 수많은 사람들을 매일 만나고 헤어지지만 나와 같은 생각이나 뜻을 같이 하는 사람, 또는 친구이면서도 전혀 생각이나 행동이 다른 사람과는 거리를 두는 게 보통 사람들의 생각이 아닐까요?

어렵게 어렵게 만난 사람도 한순간에 헤어짐으로 될 수도 있고 또 쉽게 만난 사람들도 오랫동안 만남이 이루어지는 일도 있으니까요.

사람의 심리는 묘해서 자신한테 잘해주는 사람은 더 반기게 되고 만남도 오래 지속이 될 때도 있잖아요.

한 번의 만남으로 끝까지 가면 좋겠지만 그렇지 않은 때가 더 많지 않나요.

내게 조금만 서운하게 했을 때는 돌아서 버리는 온갖 험담으로 도배를 하다시피 할 때도 있습니다.

사람은 한 번 만나기는 어려워도 헤어지기는 너무나 쉽습니다.

몇 년을 만나다가도 말 한마디에 돌아설 수도 있고 행동 하나에도 그럴 수 있으니까요.

오랜 만남을 유지하려면 서로에게 상처가 될 수 있는 말들은 자제를 해야 하는데도 이 정도는 괜찮겠지 하는 가벼운 마음으로 그런 말들을 하기도 하니까요.

누구에게나 흠은 다 있습니다.

완전무결한 사람이 있을까요?

정도의 차이가 있겠지만 상대의 흠은 덮어주면서 이루어지는 것이 만남이 아닐까 합니다.

나 자신부터 상대에 대한 배려라는 것을 해야 상대도 배려를 할 것이고 내가 욕을 한다면 상대도 욕을 할 것입니다.

내가 베푼 만큼 내가 배려한 만큼이 나에게 돌아오는 것일 겁니다.

만남은 서로의 마음에서부터 이루어지는 것이니까요.

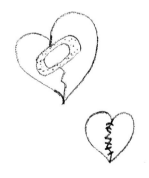

사람의 마음은
어쩔 수 없더라

사람이 사람을 좋아하는 데 이유가 있을까요?

좋은 사람에게 마음이 가는 것은 당연하겠지요.

좋아하는데 굳이 이유를 달고서 좋아해야 하는 건 아니잖아요.

내 마음은 이런데 그 마음을 밀어내려고 아무리 애를 써도 밀어내어지지가 않는 것은 좋아하는 마음이 더 크기 때문이 아닐까요.

사람의 마음은 어쩔 수가 없나 봅니다.

좋아하는 마음을 지우려고 또 지웠지만 그것은 그때뿐이라는 것을 알았으니까요.

멀리 있든 가까이 있든 좋아하는 데는 큰 의미가 없잖아요.

좋아하는 사람에게 좋아하는 마음을 갖는 것은 어쩌면 당연한 일인데 우리는 가끔 억지로 밀어내야만 하는 때도 있었을 겁니다.

속마음을 감추고 밀어낸들 온전하게 비워지는 건가요.

어느 가슴 한 구석에서는 좋아했던 마음들이 다시 살아나서 꿈틀거리고 있을 텐데요.

사람의 마음은 억지로 되는 것이 아닌가 보네요.

억지로 된다면 뭐든 못할까요.

사람의 마음은 억지로 움직여지는 것이 아니라 내 마음대로 움직여지는 것일 겁니다.

마음 가는 대로 내 마음도 따라 갑니다.

막을 수도 떼어낼 수도 없습니다.

사람의 마음은 어쩔 수가 없나 봅니다.

머릿속은 아니라고 해도 마음은 이미 그쪽 방향으로 기울어져 있는 걸요.

눈물을 쏟아내도 마음을 돌릴 수는 없나 보네요.

마음의 깊이가 깊어서 그럴까요?

아니면 눈물이 뜨거워서일까요?

1월을 보내며

벌써 1월도 반을 넘게 보내고 있다.

이렇게 추운 겨울날에는 따뜻한 난로가 그리워지는 법인데

추운 마음을 녹일 따뜻한 말 한마디 듣고 싶다.

난롯가에 모여 앉아 지난 시절의 그리움을 얘기하고 싶은 1월
이다.

옹기종기 모여 앉아 가래떡이며 고구마를 구워 먹던 유년 시절
로 돌아가고 싶다.

어린 시절의 이야기는 언제 들어도 정답기만 하다.

그때가 그리우니까.

버들강아지

한겨울 추위 속에서 살짝 드러낸 버들강아지가 보인다.

겨우내 눈비 맞으며 버티고 있다가 따뜻한 햇살 받으니 계절을
착각했나 보다.

냇가에 찬 기운을 받아 움츠리고 있었는데 어느새 봄이 왔나 몽
오리가 져 있다.

입춘도 아직 멀었는데 벌써 피우려고 하는 걸 보니 버들강아지
도 급하기는 했나보다.

검정 고무신

어릴 때 신었던 검정 고무신.
한 켤레면 반년을 거뜬히 신을 수 있었던 어린 시절!

여름에는 냇가에서 송사리를 잡을 때도 유용하게 쓰이기도 하
고 다용도로 쓰이던 검정 고무신.

어린 마음에 닳을까 봐 들고 다니던 기억들
아끼고 아껴서 신던 검정 고무신.
어릴 때의 최고의 선물이 아니었나 싶다.

그 시절이 수십 년이 지났지만 아직도 기억나는 것은 그때가 좋
았기 때문이 아닐까 싶다.

소주

하얀 맑은 물의 술.
모든 이들이 기분 좋을 때나 슬플 때 즐겨 마시는 하얀 마법의
액체.

마법의 액체를 친구들은 주거니 받거니 잘도 목구멍으로 넘
긴다.
이야깃거리를 안주 삼아서 술술 넘어가나 보다.

더 깊숙이 넘기느라 내기를 하듯이 그들은 더 빨리 잔을 돌린다.

미친 듯, 미친 듯 빈 병 개수가 늘어가는 만큼 주절거림에 속도
도 느려진다.

비워라, 비워라 잔을 비워라.
누구랄 것도 없이 친구들은 건배를 외치며 입 속으로 털어 넘
긴다.

소주의 미학은 무궁무진한가 보다.

쓰디쓴 하얀 액체를 이렇게나 좋아하다니.

일출

저 멀리 파란 바닷물 위에서 빨간 해가 솟아오른다.

조금씩 조금씩 올라오면서 둥근 태양의 모습이 보인다.

1년에 한 번씩 일출을 보는 그 짜릿함은 이루 말할 수 없다.

누구나 다 일출을 보며 한 해의 소원을 담아 본다.

빠알간 색의 태양에서 어느새 눈부심으로 바뀐다.

약속이라도 한 듯이 일출을 보던 이들이 썰물처럼 빠져 나간다.

새벽 찬바람을 맞으며 올해의 꿈을 가슴에 안고서
내년을 또 기약한다.

추억이란

추억이란 누군가에게는 기쁜 일이지만 또 누군가에게는 슬픈 일
이기도 하다.

누구나 지난 추억은 가지고 있다.

때론 슬픈 추억일 수도 또 기쁜 일일 수도 있지만 어디 좋은 추
억만 있으랴.

수년 또는 수십 년이 지난 추억을 곱씹을 때 어떤 때는 눈물이
날 때도 있었다.

슬픈 추억이 많은 사람들은 더 많은 눈물을 흘리겠고 기쁜 추억
을 많이 갖고 있는 사람은 그때가 그리워서 또 눈물을 흘릴 것
이다.

추억이란 누구에게나 그립고 그리운 이야깃거리다.

그때로 돌아갈 수가 없기에 더 추억이라는 것을 떠올리지 않나
싶다.

아릿한 추억에서부터 웃음이 나는 추억까지 우리에게는 그리움
이 아닐까 싶은데 우리는 지금도 추억을 만들며 살아가고 있다.

먼 훗날에는 지금의 모습들을 떠올리며 추억을 얘기하지 않을

까 싶다.

추억은 꺼내도 꺼내도 그리운 이야기들.

추억을 먹고 살아갈 나이는 지났지만 더 많은 나이를 먹더라도

추억은 그리운 거겠지.

빛바랜 사진 속의 얼굴들을 떠올리며 그때를 회상해 본다.

모두가 그리운 날들이었는데.

바람 부는 날에

바람 부는 날에 흩날리는 머리카락을 매만져 주는 사람처럼 좋은 사람이고 싶다.

힘들어 보일 때 묻지 않고 살며시 안아 주는 사람이 되고 싶다.

힘들어 하는 사람한테 힘드냐고 묻기 보다 미소로 답해 주는 사람이고 싶다.

그 사람에게 힘들어 하는 모습을 보여주는 것보다 웃음으로 대신해 주는 그런 사람이고 싶다.

오늘 하루도 행복을 느끼게 따뜻한 말 한 마디 해주고 싶은 사람이고 싶다.

가진 것은 없어도 마음으로 감싸 안을 수 있는 그런 사람이고 싶다.

눈꽃이 피었습니다

밤새 내린 눈들이 나무에 꽃을 피웠습니다.

아무도 지나가지 않은 눈을 밟으며 뽀드득 소리를 들었습니다.

봄날 같았던 겨울 날씨가 이제야 겨울을 찾았나 보네요.

나뭇가지 가지마다 하얀 눈꽃이 피었습니다.

들판에도 산 위에도 온통 하얀 눈으로 덮였습니다.

겨울에 하얀 추억으로 만들어야겠어요.

눈이 내린 아침에.

사랑해

오늘 아내한테 '사랑해'라는 문자를 받고 싶었다.

흔한 문자이지만 눈이 내린 출근길에 '사랑해'라는 문자가 왔으면 좋겠다.

달콤한 '사랑해' 문자.

오늘 하루도 바보처럼 싱글벙글 웃는 날이었으면.
미워졌던 마음도 눈 녹듯이 녹을 테니까요.

듣기만 해도 기분 좋은 말!

사랑해.

별것은 아니더라도 '사랑해'라는 표현이 담긴 문자였으면 좋겠는데 바보처럼 말이다.

나는 오늘도 이 길을 간다

나는 오늘도 이 길을 갑니다.

내일도 모레도 나의 길을 가렵니다.

비록 힘든 길이고 누구나 다 힘든 길이라고 하는 농사 일.

배운 것이 이 길이기도 하지만 나는 여기서 행복을 찾으려 합니다.

세상에 힘들지 않은 길이 어디 있을까요.

각자에게 주어진 일들이 쉬운 일들만 있겠습니까.

예전과는 많이 발전해있고 기계화되어 있지만 그래도 여전히 힘든 것은 부인하지 않을래요.

스스로 힘들다고 인정하고 출발을 했으니 감수할 것은 감수해야죠.

소득이 높아진 만큼 지출도 늘어나는 것은 그만큼 시골 생활도 윤택해진다는 것이 아닐까요?

이 길에 들어선지 25년, 달라져도 많이 달라졌습니다.

모든 생활에서 달라졌습니다.

그래도 시골은 여전히 힘든 부분이 많이 있습니다.

힘들다, 힘들다 하면 더 힘들어지겠지요.

쉽다고 한들 쉬워지는 것은 아니잖아요.

힘들고 쉽고는 각자의 몫입니다.

언제까지 시골 하우스의 일을 할지는 모르지만 정년은 없으니 그나마 좋은 일이 아닐까요.

직장에서 40~50대 나이에 명퇴며 정년을 맞이해야 하는 사람들이 얼마나 많이 있습니까.

요즘 100세 시대라고들 하는데 젊어서 벌어 자식들 키우고 나면 우리의 노년은 누가 책임을 져 주나요?

그것 또한 우리들의 몫이라 누구나 다 힘든 세상을 살아가고 있습니다.

호락호락한 세상도 아니고 산다는 것 자체가 힘든 세상이 되어 버렸습니다.

누구랄 것도 없이 비슷한 삶을 살아가고 있으니 원망할 것도 자책할 것도 없습니다.

그냥 주어진 삶 열심히 살아가면 되지 않을까요.

그러다 좋은 일도 생길 수 있으니까 오늘도 힘내고 출발입니다.

하루와 한 달과 1년을

하루의 시작은 아침입니다.

누구나 다 잠에서 깨어 하루를 시작합니다. 누구는 오늘 일정표에 맞춰서 시작을 할 것이고 또 누구는 어제 하던 일들을 마무리 하려고 하겠지요.

누구에게나 똑같이 주어지는 시간은 같습니다.

하루의 시작이 미소였다면 저녁 퇴근 시간에도 피곤하겠지만 미소를 잃지 않았겠죠.

아침부터 찡그림으로 시작을 했다면 하루 종일 그의 얼굴은 굳어 있었을 거예요.

웃음기 하나 없는 얼굴로 하루를 살았다면 그 하루가 얼마나 길었을까요.

이래도 하루였고 저래도 하루였는데 웃음 띤 하루였다면 정말 좋았을 텐데요. 하루가 가고 또 한 달을 시작함에 있어서 더 나은 한 달을 계획을 해 봅니다.

지난달은 힘들었어도 이 달은 더 나은 달이 되기를 마음속으로 기도를 합니다.

종교에 상관없이 누구나 스스로에게 위안이 될 수 있는 것을 자신에게서 찾습니다.

한 달 30일을 나름 열심히 계획과 멈추지 않는 추진력으로 채웠다면 결과는 분명 좋은 일이 아니었을까요?

1년이란 시간이 길기도 하겠지만 막상 12월에 가서 보면 결코 긴 시간이 아니었음을 누구나 느낍니다.

'벌써 12월, 세월 빠르다' 이 한 마디 안 하는 사람 있을까요?

끝에 가서 지나온 시간들을 돌이켜 보면 언제 이렇게 시간이 지났을까 아쉬움을 느낍니다.

'이루어 놓은 것은 없는데 이렇게나 빨리 지났나' 그 아쉬움은 이루 말할 수 없고, '또 나이 한 살을 먹는구나' 하는 보통 사람들의 생각이 아니겠어요.

12월 끝에 서면 누구나 지나간 시간을 안타까워합니다.

'좀 더 잘할 걸, 좀 더 잘해줄 걸'

이러면서 우리는 1년을 마무리 합니다.

내년에는 좀 더 잘해야지 하는 마음속의 다짐도 하고 그러면서 우리는 살아가고 있습니다.

그것이 우리의 삶이니까요.

세월은 누구도
기다려 주지 않는다

세월이 우리를 기다려 줄까요?

나를, 또는 사랑하는 사람을, 더 나아가 부모님을 세월이 기다려 줄까요?

세월이 기다려 주는 것은 이 세상에 아무것도 없습니다.

내가 아무리 사랑하는 사람이 있다 하여도 기다려주지 않을 것이고 나를 낳아준 부모님이 계시지만 그 또한 세월은 기다려주지 않으니까요.

지금 자신이 사랑하는 사람이 있다면 맘껏 사랑해 주세요.

나중에, 나중에 하다가는 세월한테 많은 것을 잃을 수도 있습니다.

내가 아무리 사랑하고 목숨 바쳐 사랑한다 하더라도 그 시간은 짧습니다.

내 형편이 나아지면 해주지 내 부모는 아직 젊으신데 그 생각을 하고 있는 시간에도 세월은 흘러가고 있습니다.

멈출 수 없는 것이 시간이고 세월이 아니던가요.

어쩌면 지금이 아니고는 볼 수 없을지도 모르는 시간들은 나에게 말하지 않고 흘러갑니다.

말할 수 없고 들을 수 없는 그 눈 깜짝 할 사이에 우리들도 늙어감을 느낍니다.

상대가 누구이든 사랑해줄 수 있을 때 맘껏 사랑해 주세요.

사랑도 줄 수 있을 때 사랑이지, 줄 수 없을 때는 그리움뿐이니까요.

기다려 달라고 말하지 말고 그냥 지금 사랑해 주세요.

내 형편이 나아질 때를 기다리지 말고 바로 지금이요.

지금이 아니면 먼 훗날에 사랑이란 없습니다.

내게 지금이 사랑일 뿐이지 먼 훗날에는 아쉬움과 그리움뿐입니다.

이 세상에 영원한 것은 아무것도 없습니다.

영원할 줄 알았던 모든 것은 우리의 착각일 뿐입니다.

시간 지난 후에 세월 흐른 후에는 사랑하던 사람도 남아있지 않을 겁니다.

만날 수 있고 볼 수 있을 때 맘껏 사랑해 주세요.

세월은 우리를 기다려주지 않으니까요.

포옹

살며시 그의 어깨를 안으며 포옹을 하면 긴 머릿결에서 이름
모를 샴푸의 은은한 향이 코 끝을 자극한다.

익숙하지 않은 나의 포옹은 내 심장을 두근두근 하게 하고
콩닥콩닥 뛰는 심장의 소리가 터질듯 내 귀에도 들릴 듯이 크게
뛴다.

연인과 연인을 이어주는 그 포옹에서 서로는 사랑을 사랑을 느
끼며 헤어지기 싫은 연인들은 얼마나 애달플까 싶다.

만날 때 포옹으로 인사를 하고 헤어짐을 아쉬워하며 포옹으로
은은한 샴푸의 향을 느끼며 헤어진다.

내일을 또 약속하면서.

얼굴만 떠올려도
이름만 들어도
좋은 사람 있습니다

얼굴만 떠올려도 좋은 사람 있습니다.

이름만 들어도 아주 좋은 사람 있습니다.

내 곁에 이런 사람 있습니다.

좋은 사람이라고 굳이 말을 하지 않더라도 내게는 정말 좋은 사람입니다.

물질적으로가 아닌 상대가 배려해주는 그 마음씨 좋은 사람 있습니다.

추운데 잘 지내느냐고 더운데 고생하고 있다고 물어봐 주는 사람 있습니다.

전화가 걸려올 때, 문자에 이름이 뜰 때 그 이름만 보아도 좋은 사람이 있습니다.

말 한마디 따뜻하게 해 주고 추우니까 장갑 끼라고 따뜻한 마음씨를 가진 사람이 있습니다.

거리가 멀어서도 아니고 가까워서도 아닙니다.

그냥 마음속에 그런 사람이 있다는 것은 좋은 일이 아닌가요?

누구에게나 지인은 다 있을 겁니다.

친구들도 많을 것이고 그 중에 진짜 좋은 친구들도 있을 겁니다.

매일 만난다고 좋은 친구도 아니고 1년에 몇 번 만나지는 못해도 좋은 친구가 있습니다.

좋은 친구가 여자와 남자를 가르는 것도 아니잖아요.

이성일지라도 좋은 친구가 될 수가 있습니다.

꼭 동성만이 좋은 사람은 아니니까요.

그 친구가 사는 지역을 지나갈 때는 보고 싶고 전화 한 번 하고 싶고 목소리 한 번 듣고 싶은 좋은 사람 말입니다.

길을 가다가도 우연하게 보게 될 때는 그것처럼 반가운 일이 또 있을까요.

생각지도 않은 곳에서 만날 때 더 반갑잖아요.

우리 모두 얼굴만 떠올려도 이름만 들어도 좋은 사람들이면 정말 좋겠습니다.

삶이란

삶이란 과연 무엇인가요?

지나고 보면 별것도 아닌데 우리들은 왜 그렇게 아등바등하면서 살아왔는지 모르겠습니다.

하루의 삶이 고달픈 사람도 있었을 것이고 또 하루의 삶이 행복한 사람도 있었을 것입니다.

누구나 다 똑같은 삶을 살지는 않았겠죠.

이래서 하루가 힘들었을 수도 있고 저래서 하루를 힘들게 보냈을 수도 있습니다.

우리네 삶이 어디 좋은 날만 있었겠어요.

하루에도 부딪치는 수많은 사람들과 서로의 관계가 다 좋을 수는 없잖아요.

이런 사람, 저런 사람, 별의별 사람들이 공존하는 곳이기도 합니다.

내 마음에 꼭 맞는 사람이 어디 그리 흔한가요.

부부일지라도 자식일지라도 의견이 분분해져서 싫은 소리를 할 때도 있잖아요.

삶이라는 게 참 쉬운 것 같으면서도 어려운 것이 우리네 삶인가
봅니다.

삶에는 정답이 없다고들 합니다.

없는 정답을 찾으려고 우리들은 그 많은 시간들을 소비하지 않
았나 싶어요.

하루를 열심히 살아온 사람들은 하루의 저녁에 즐거울 것이
고 또 헛되게 살아온 사람들은 하루의 저녁이 고달플지도 모
릅니다.

자로 잰 듯한 삶은 틈이 없고 좀 느긋한 삶은 여유를 느낄 것입
니다.

세상을 살면서 딱딱 맞아 떨어지는 삶을 살 수가 있을까요?

원처럼 둥글게 사는 것이 가장 현명한 삶이 아닐까 합니다.

나와 너 그리고 우리

나와 너, 얼굴도 다르고 사는 곳도 다르지만 우리는 진짜 좋은 친구이다.

생김생김이 같은 곳은 없어도 지금까지 좋은 친구로 잘 지내 왔잖니.

나와 너 그리고 우리.

지금까지 수십 년을 친구로 지내 오면서 얼굴 붉힌 적도 있을 테고 다시는 보지 않겠다고 생각했던 날도 있었을 텐데 그런데도 우리는 지금도 여전히 좋은 친구로 남았잖니.

오가다 만난 친구가 아닌 어릴 적부터, 코흘리개일 때부터 우리는 친구였잖니.

혹 내가 서운하게 했더라도 모르는 말들을 했다 하더라도 이해를 해 주기 바란다.

나도 네가 귀에 거슬리는 말을 했다 하더라도 마음에 담지 않고 흘러버릴 테니 신경 쓰지 말자.

너와 나는 친구이고 또 우리들 모두가 친구이잖아.

나와 너, 우리는 같은 곳에서 수십 년을 살아오면서 친구의 장점도 단점도 알면서 지내오지 않았니.

여기서 친구끼리 무엇을 더 바랄까.

서로에게 바라는 것 없고 좋은 친구로 지내는 것 외에는 없지 않을까 싶다.

나도 너도 우리 모두가 지금보다 더 좋은 친구로 남자.

우리 모두가 바라는 게 그것 하나밖에 없잖니.

나와 너와 우리가 바라는 것은.

하늘 아래에

하늘 아래에 당신이 있다는 것은 내게는 행복입니다.
같은 하늘 아래에서 파란 하늘을 쳐다볼 수 있는 것도 내게는
행복입니다.

사계절이 돌고 돌아 하얀 눈을 밟는 것도 내게는 행복입니다.
하얗게 눈으로 덮인 들판을 같이 바라볼 수가 있는 것도 내게
는 행복입니다.

내가 사랑하는 사람이 같은 하늘 아래에서 숨을 쉬고 있다는
것은 내게 사랑입니다.

추워도 더워도 한 사람만 생각할 수 있는 것도 사랑이 있기 때
문입니다.

내가 그리워하고 또 그리워할 수 있는 사람이 있으니 감히 사랑
이라 말하고 싶습니다.

파란 하늘이 좋은 이유는 그 사람과 같이 쳐다볼 수 있어서 좋은 이유입니다.

비가 오는 날에는 비를 맞고 눈이 내리는 날에는 눈을 맞으며 같이 걸을 수 있는 사람이 있어서 좋은 이유입니다.
사랑은 비를 맞든 눈을 맞든 같이 높은 하늘을 볼 수 있어서 사랑이라 말하고 싶습니다.

사랑은 이런 것이니까요.

내가 걷는 이 길에

내가 가고 있는 이 삶에 동행자가 당신이었으면 좋겠습니다.
아침에 눈을 뜨면 마주볼 수 있는 사람이 당신이었으면 좋겠습니다.

낙엽이 떨어진 산책길에 손을 잡고서 걷고 싶은 사람이 당신이었으면 좋겠습니다.
좋은 일도 궂은 일도 같이 나눌 수 있는 사람이 당신이었으면 좋겠습니다.

내가 가고 있는 이 삶이 고달픈 삶일지라도 손을 잡고 가고픈 사람이 당신입니다.
먼 훗날 살아온 날을 뒤돌아본다면 그 곳에 당신의 흔적이 있었으면 좋겠습니다.

그 삶에는 당신이 있었을 테니까요.
부부처럼 연인처럼 또는 친구처럼 손을 내밀어 잡을 수 있는 사람이 당신이었으면 좋겠습니다.

검은 머리가 하얘져도 마음을 줄 수 있는 사람이 당신이었으면
좋겠습니다.

비워 내는 만큼 채워집니다

많은 재물을 가졌다고 지키려고만 할 것이 아니라 그 재물을 비워 낼 줄도 알아야 하지 않을까요?

대부분 재물을 모으는 데만 온갖 정열을 쏟지만 비워 내는 데는 인색하기 마련입니다.

하나를 비워 내면 또 하나가 들어올 거라고는 생각하지를 못하니까요.

비워 내는 만큼 채워지고 푸는 만큼 기분 좋은 일이 또 있겠습니까?

말 한마디로 천 냥 빚을 갚는다는 옛말도 있습니다.

좋은 말, 좋은 얘기에도 인색하게 굴지 마세요.

가시가 박힌 말은 돌고 돌아 다시 내게로 가시가 되어 돌아 올 것입니다.

따뜻한 말 한마디는 지금 당장은 아니더라도 언젠가는 내게 따뜻한 말이 되어서 돌아올 겁니다.

좋은 말을, 좋은 표현을 아끼려다 나중에 어떤 말이 좋은지 무엇이 좋은지 잊어버릴 수도 있습니다.

굳이 아낄 필요도 없고 아끼지도 마세요.

좋은 말 하고 싶을 때 맘껏 하세요.

돈이 드는 것도 아니고 내 재물이 축나는 것도 아닙니다.

비워 낸다고 비워지는 것이 아니라 다시 채워질 자리를 만드는 것이라고 생각해 보세요.

비워 내는 만큼 기분이 좋아질 것이고 또 채워지는 만큼 기분이 좋아지는 것 아닐까요.

모으려고만 하지 말고 그 재물을 비워 낼 줄도, 좋은 곳에 쓸 줄도 알아야 진짜 좋은 사람이 아닐까 합니다.

좋은 사람과 나쁜 사람이 표시가 있는 것도 아니잖아요.

좋은 사람은 자신이 좋은 일을 하더라도 겉으로 표현을 하지 않습니다.

자신도 모르게 몸에 밴 습관처럼 하기 때문에 알리려고도 하지 않습니다.

비워 낸다고 당장은 그 자리가 비어 있겠지만 또 채워질 테니까 비우는 것에 인색하지 마세요.

비운다는 것은 자신의 마음을 따뜻하게 만드는 것입니다.

그리움을 줍다

흘러간 시간 속에서 작은 그리움을
주우려 합니다.

산길에 떨어진 알밤을 줍듯이 지나간 시간 속에서

빛이 바랜 그리움을 주우려
합니다.

아직 남아 있을지는 모르지만
흐릿한 기억을 더듬어서

한 조각의 그리움을 주우려
합니다.

아직, 아직 작은 그리움이 남아 있는데 오늘 그 그리움을
주우려 합니다.

인생의 길도 어느덧 가을쯤에
와 있네요.

흔적을 찾을 수는 있을지 그리움
한 조각쯤 남았을지 모르겠습니다.

손톱만큼 작은 그리움이라 할지라도 그 그리움을
주워서 마음속에 담으렵니다.

비록 빛은 바랬지만 그리워서
가슴속에 담으려 합니다.

당신 거기 있어 줄래요?

당신?

지금 그 자리에 서 있어 주세요.

당신을 보고 싶은 마음에 달려가고는 있지만 자꾸만 멀어지는 느낌이 들죠.

한달음에 다다를 것 같았는데도 시간이 이렇게나 오래 걸렸네요.

당신?

그 자리가 힘이 들면 이쪽으로 달려오세요.

서 있기가 힘이 들고 보고픈 마음이 있으면 이쪽으로 달려오세요.

당신을 향해서 뛰고 또 뛰어서 가고는 있는데 마음처럼 쉽게 가지지를 않네요.

보고 싶습니다.

만나보고 싶습니다.

목소리도 듣고 싶습니다.

얼굴도 보고 싶고 당신의 모든 것을 보고 싶습니다.

당신 거기 그대로 서 있어 주세요.

내가 갈 때까지 거기에 다 다를 때까지 거기에 서 있어주세요.

당신이 보고 싶어서요.

당신이 그리워서 그럽니다.

문득 그가 보고 싶을 때

어느 날 문득 그가 보고 싶어질 때 아무런 채비 없이 달려가고 싶다.

높은 하늘에 하얀 구름을 보며 땅에 노란 민들레꽃을 보았을 때 문득 그대가 보고 싶습니다.

길을 가다가 노란 은행잎이 바람에 뒹굴고 다 떨어 낸 헐벗은 나뭇가지를 볼 때 문득 그대가 보고 싶네요.

추운 바닷가에서 밀려오는 파도를 바라보며 같이 있었으면 좋겠다는 생각을 잠시 해 봅니다.

차 안에서 도란도란 호호 하하 웃으며 행복을 느끼고 싶었는데 멀어진 그대의 모습만 아련히 떠오릅니다.

마음에도
가끔은 쉼표가 필요합니다

가끔은 우리들의 마음도 쉼표가 필요합니다.

지금 여러분의 마음은 편안한가요?

혹시 마음을 혹사시키고 있는 것은 아닌지요.

수없는 날들에 우리의 마음도 미처 따라 가지 못할 때 마음도 아프답니다.

수없이 많은 고민과 번민을 해왔을 것이고 하루하루 모든 생각들을 마음속에 담아내고 정리정돈시키고 정화시켜서 밖으로 표출시켜야 하는 마음!

만약에 마음이 우리들 몸속에 있는 장기였다면 벌써 망가져도 많이 망가졌을지도 모릅니다.

다행히 장기가 아니니까 이만큼 버티는 것일 수도 있습니다.

여러분들의 마음을 이해는 하고 있습니까?

얼마나 마음이 고생하고 지쳐 있는지 한 번쯤 생각해 보셨나요?

우리는 그저 우리가 갖고 있는 내 마음이니까 아픈 줄도 모르고 막 쓰며 왔을지도 모릅니다.

마음이 얼마나 아파하는지 얼마나 곪아 터졌는지 아니면 어디

한 군데 구멍이라도 났는지 한 번쯤 우리들의 마음을 헤아려 본 적이 있나요.

마음을 우리는 쓰기만 바빴지 마음이 쉼표가 있었으면 좋겠다는 생각을 한 번쯤 해보셨나요.

쓰다가 쓰다가 곪아 터져도 우리는 그냥 모르고 넘어가지는 않았을까요?

진짜 마음에도 쉼표가 필요할 때 그 쉼표 한 번 준 적이 있었나요.

마음도 아플 때가 있을 거예요.

말은 하지 않더라도 말을 할 수도 없겠지만 아주 가끔은 우리들의 마음에도 쉼표가 필요하답니다.

머릿속이 복잡하고 요즘처럼 빠르게 돌아가는 세상 속에서 더욱이 마음에도 쉼표가 필요할 겁니다.

내 몸만 쉼표가 필요한 것이 아니라 내 마음도 때로는 쉼표가 필요합니다.

따뜻한 마음과 악한 마음속에서 수없이 갈등과 고민을 해서 우리들의 몸 밖으로 따뜻한 마음의 표출을 하루에도 수없이 했을 겁니다.

하루하루의 번민과 고뇌를 수없이 하겠지요.

어느 누구든 그런 과정을 거치고 또 거쳐서 살아가고 있잖아요.

오늘 하루도 여러분의 마음은 많은 것을 다독였을 겁니다.

오늘만큼은 아니 내일 하루만이라도 마음에 쉼표를 주는 날이

었으면 좋겠습니다.

그 쉼표는 자신만이 줄 수 있는 유일한 쉼표입니다.

아줌마라고
무시하지 마라!

대한민국의 아줌마들은 위대하다.

남자들이 보는 시각에서 대단하다고 하는 것이 틀린 얘기는 아닐 거다.

그래서 일명 '아줌마부대'라는 말도 나오지 않았나 싶다.

빠듯한 살림살이에서 쪼개고 또 쪼개서 아파트를 사고 건물도 사는 것을 보면 머리가 아주 비상하다고 해야 옳은 표현일 거다.

아줌마들이 뭉치면 세계 또는 국내 기업들이라도 함부로 할 수 없는 일들이 가끔은 일어난다.

기업이 뭐가 무서워서 아줌마들을 무서워할까?

아줌마나 주부들은 웬만한 제품들은 한 번쯤 눈여겨 보고 사용하는데 남자들보다 먼저 좋은 것과 그렇지 않은 것을 파악을 하니 말이다.

한 가정에 있는 가전제품 주방에서 사용되는 제품들이 모두 아줌마이고 주부들 손에서 움직인다.

불량제품이나 인체에 나쁜 물품이 있다면 분명 반품을 하거나 쓰레기통으로 버려질 수 있다.

흔한 말로 아줌마들이 들고 일어나면 웬만한 기업들도 납작 엎드린다.

아줌마부대와 맞짱을 뜰 기업은 흔치 않다.

어떤 제품에 있어서 불매운동을 전개한다면 아주 오랫동안 기업에 대한 이미지가 손상될 수 있고, 나쁜 기업으로 주부들한테 낙인찍힐 수 있다.

내 기업에서 만든 제품을 가장 먼저 접하는 층이 아줌마들이나 주부들이 아니던가.

잘못하면 기업이 쓰러질 수도 있는데 마지못해 잘못을 인정하고 엎드리는 게 나으니까 그래서 죽은 척 한다.

우리 대한민국 아줌마들은 정말 위대한 여성이고 세계 어디에서도 뒤지지 않는 실력을 갖고 있는 사람 중 하나일 거다.

내 엄마도 아줌마이고 내 아내도 아줌마이다.

존경스러울 만큼 위대한 분이 대한민국의 아줌마들이다.

아줌마들 파이팅!

다시 누군가를 사랑한다면

내가 누군가를 다시 사랑한다면 나는 주저하지 않고 당신이라 말할 겁니다.

이 세상에 태어나서 사랑한 사람이 당신이었기에 지금도 당신을 사랑하는가 봅니다.

아직 끝나지 않은 나의 사랑은 지금도 진행 중입니다.

언젠가는 끝이 있겠지만 그때까지 당신을 사랑하고 싶습니다.

밤비

차창 유리에 빗물이 주르르 흘러 내립니다.

동글동글 맺혀서 떼구르르 유리창을 타고 내려가네요.

와이퍼 움직임에 빗물이 씻겨 지워지고 있습니다.

미처 동그랗게 만들어지기도 전에 줄을 타듯이 유리창을
타고 미끄럼을 타 듯이 흘러 내립니다.

밤비는 이렇게 소리 없이 내리는데 어둠만이 밀려오고
있네요.

밤비가 그치면 내일 아침에는
맑은 하늘을, 아니 구름 속에서 밝은 태양이 떠오르겠지요.

내려라, 내려라 밤비야 네가 내려야 대지도 적신단다.

꽃을 피우기 위해서는 네가 필요하단다.

맘껏 내리고 내일은 맑은 하늘을 보여 다오.

봄날처럼

오늘은 봄날처럼 햇빛이 좋네요.

멀리서 아지랑이가 피어올라
가물가물 거리고 있습니다.

아직 봄이라고 하기는 이른지는
몰라도 냇가에 버들강아지가 솜털을 뒤집어쓰고 피었습니다.

양지바른 곳에 노란 민들레꽃이 활짝 피어 추위도 잊은 채 다소
곳이 숨어 있네요.

이제 봄은 봄인가 보네요.

일렁이는 바람도 냉기보다 온기가 더 느껴집니다.

이제는 봄, 봄이 맞나봅니다.

기다리던 봄이 왔어요.